# 金沢あまやどり茶房

## 雨降る街で、会いたい人と不思議なひと時

編乃肌 Aminohada

アルファポリス文庫



https://www.alphapolis.co.jp/

# プロローグ

雨降る街、古都《こと》『金沢』。

情緒あふれるその地にはひとつ、ひめやかに囁《ささや》かれる噂がある。

なんでも雨の日にだけ茶屋街に現れる、不思議な茶房《さぼう》があるとか。

そこで雨宿りをして、美味《おい》しいお茶と甘いお菓子で一息つけば、必ず『会いたい人』に会えるという。

案内をしてくれるのは二羽のツバメ。迎えるのは可愛らしい双子の店員と白髪の美《び》丈夫《じょうふ》。

もしあなたにも心から『会いたい人』がいるなら、傘《かさ》をさしてその茶房を探してみて。

きっと彼等が会わせてくれる。

――雨が降ったら、いらっしゃい。

＊

薄暗い山の中。

ひっくひっくとしゃくり上げて、十もいかぬ歳の幼い少年は、冷たい地面の上で体を丸めていた。

「痛いよ、寒いよ……」

着ている黄色いカッパは泥だらけ。

柔らかな頬や腕には擦《す》り傷《きず》が走り、右の足首は捻《ひね》ったのか赤く腫《は》れている。

ぎゅっと、少年はズボンのポケットから出したお守り袋を握り締めた。大好きな祖母が作ってくれた大切なものだ。

そもそもこんな状況になってしまったのは、その祖母の言いつけを少年が破ったことが原因だった。

『こら、ハル。こんな酷い大雨の日にどこ行くんけ？　今日は山になんて行ったらあかんよ。転んで怪我でもしたら大変や。雨が止むまで家で大人しくしとりまっし』

出掛けようとする少年を、祖母は地元の方言交じりの話し方でそう窘《たしな》めた。一度は少年も素直に「うん」と頷いたのだが……結局こっそりと家を出てきて、この有様である。

土砂降りの雨のせいで地面がぬかるんでいたため、山道を踏み外して転がり落ちたのだ。

「ごめんなさい、おばあちゃん……」

普段の大人しい少年ならこんな無茶はしない。

だけど彼はどうしても、危険があろうとこの山に来たかったのだ。

……『あの子』が今日こそ、待っている気がして。

「冷たい……」

鬱蒼《うっそう》とした木々の狭間から、無数の雨粒が落ちてくる。叩きつけるような雨は止む気配はなく、容赦なく体温を奪っていくが、少年はもう一歩も動けそうになかった。

瞼《まぶた》が重くて視界が霞《かす》む。

意識もだんだんとおぼろげになっていく。

自分はこのまま死んでしまうのだろうか？

もはや頬を伝うものが涙なのか雨なのかもわからないまま、か細い声で「誰か助けて」と祈ったときだ。

ふわり――と、ぬくもりが頭に触れた。

「え……？」

長い指先がゆっくりと、慈《いつく》しむように少年の髪を梳《す》く。両親や祖母に撫でられているときと同じような、ただただ安心感を与える手つきだ。

「もう大丈夫。私が助けてあげるからね」

そう囁く声はどこまでも優しい。

痛みもしばし忘れて、ゆるゆると少年の体から力が抜けた。

「あなたは……だあれ……？」

「ひみつ。いいからお眠り」

「あ……」

相手の正体を確かめたくとも、急激な眠気と心地よさに襲われて、顔を上げることすらできない。

ポンポンと頭を撫でられ、少年は諦めて微睡《まどろ》みに身を委《ゆだ》ねる。

もう不安なことなどなにもない気がした。

意識を完全に失う前、少年が最後に見たものは、吸い込まれそうな青い空だった。

# 一章　雨降る街の不思議な茶房

しとしとと天から落ちる雫《しずく》が、窓ガラスに無秩序な線を描いている。

空は灰色の曇天《どんてん》。季節は四月の中頃で、ここ連日の雨により、満開だった桜はすっかり散ってしまった。

だが雨のひとつで一喜一憂《いっきいちゆう》してはいられない。ただでさえここ石川県金沢市は、年間の降水日数が日本一となることが多い雨の地域なのだ。

教室の窓際の席で、陽元晴哉《ひもとはるや》は頬杖《ほおづえ》をつきながら、無感動な瞳でガラスの向こうの雨模様を見つめていた。そんな彼の耳に、クラスメイトの女子たちのお喋《しゃべ》りが飛び込んでくる。

「あーあ、これは雨、まったく止む気配ないなあ。放課後に彼氏とデートの予定だったのに」

「天気予報チェックしなよ。一日中傘マーク。残念でした！」

「抜け駆けで彼氏なんて作った、文字通り天罰ですー」

きゃはははっとはしゃぐ声は、少々ボリュームが大きい。

休み時間でそこら中が騒々《そうぞう》しいので、そこまで悪目立ちしているわけではないが、女子たち三人が固まる席は晴哉の席のすぐ隣だ。嫌でも内容が聞き取れる。

また別の場所では男子たちの馬鹿笑いが響いて、晴哉は長めの前髪を揺らして「はあ」とこっそり溜息をついた。

この地元の公立高校に入学して一週間とちょっと。

晴哉は見事に教室内で孤立していた。

しかしそれは悲しいかな、進学前から想定済みの事態でもあった。

というのも晴哉は、仕事の関係で離れて暮らす父親譲りの鋭い目つきと、顔立ちはそこそこ整っているのに生まれつき乏《とぼ》しい表情のせいで、どうにもこうにも近寄りがたいオーラが出ているようなのだ。

オマケに人付き合いが苦手で口下手のため、『一匹狼の不良』なんてとんでもない勘違いまでされている。内心は狼どころか小心者な小犬なのに、だ。

だから当然、昔から友達などろくにできた試しがない。

唯一そう呼べるのは、小学生のとき、いささか変わった交流をしていた『あの子』だけだ。

離れ離れになって久しいが、あの子は元気にしているだろうか。

「あ！ ねえ、雨といえばさ――『あまやどり茶房』って知ってる？」

過去に逃避しかけていた晴哉の思考を、女子の高い声が引き戻す。

「あまやどり茶房？」

「なにそれ？」

問われた残りの女子ふたりは知らなかったようで、それぞれそのおかしな店名に首を傾げている。

晴哉も初耳だ。

「なんでも『ひがし茶屋街』の外れにね、雨の日にだけ行ける変わった茶房があるらしいんだよ。そこで一服していくと、どんな相手だろうと『会いたい人』に会わせてくれるんだって」

「んん？　つまりどういうこと？」

「雨天時だけ営業して、晴れの日は休業日ってこと？」

「いや、そういうんじゃなくて。雨の日にだけお店が現れて、晴れの日はどれだけ探しても見つからないのよ」

そこで晴哉は、これは都市伝説とかオカルト系の話かと悟った。そういう類いの話はあまり得意ではない。

晴哉はテレビの似非《えせ》っぽいホラー番組などでも、普通にビビるタイプである。表情に一切出ないので平気そうに思われてしまうが。

「ただ、雨の日だからって、誰にでも見つけられるわけじゃないらしいよ。店は選ばれた者にしか姿を見せないの」

ますます非現実的な茶房の存在に晴哉が眉を寄せていると、「はいはい！　俺、その茶房のこと知ってるぜ！」と、急に第三者が割って入った。

先ほどまで馬鹿笑いしていた男子勢のひとり、山口昭己《やまぐちてるき》だ。

クラスのムードメーカーで、人懐っこい笑顔と八重歯が愛嬌《あいきょう》にあふれている。晴哉からすれば、女子の会話になんの気負いもなく入っていけるそのコミュ力が羨《うらや》ましい。

「俺の中学のダチがさ、雨の日にひがし茶屋街をうろついていたら、その茶房にたまたまたどり着いたらしくて。そこでタダでめちゃくちゃ美味しい和菓子食って、美味しいお茶を飲んできたって！　しかも『会いたい人に会える』ってのはマジな話で、別れて連絡の取れなかった元カノに会わせてもらったらしいぜー」

　山口の追加情報に、女子たちは「えー！　うそ！」「マジで会わせてもらえるの？」「私も行きたい！」とさらなる盛り上がりを見せている。

　山口自身は嘘のつけない性格なので、友人からその話を聞いたというのは事実なのだろう。その友人が本当のことを言っているかどうかは、定かではないけれども。

「芸能人とかにも会えるのかなあ。会って一緒にお茶したーい」

「選ばれた人にしか店が現れてくれないなら、あんたみたいなお気楽な動機じゃムリじゃん？」

「なによー！　それならあんたは誰に会いたいわけ？」

「俺は女優のユキリンがいいなあ」

　そこから彼等は、自分なら誰に会わせて欲しいかについて各々《おのおの》発表し始めた。それを右から左に聞き流しながら、人知れず晴哉は呟く。

「会いたい人に会える、『あまやどり茶房』か……」


別にクラスで聞いた噂を信じたわけではない。

わけではないが……なぜか無性に気になってしまい、晴哉は現在、普段の彼からすれば珍しく衝動的に、例の茶房を求めて茶屋街を訪れていた。

「けっこう人いるな……」

こんな雨の平日でも、金沢の人気観光地である『ひがし茶屋街』は人が多い。

昔の面影《おもかげ》を残す街並みは、趣《おもむき》ある茶屋建築と紅《あか》い出格子《でごうし》で彩られている。居並ぶ店は行列を成しているところもあり、お洒落《しゃれ》な和スイーツが食べられる甘味処《かんみどころ》に、食事処やお土産処《みやげどころ》と種類も豊富だ。

周囲には華やかな着物を纏《まと》った女性も散見される。雨だと情緒ある和傘《わがさ》も目について、どこを切り取っても絵になった。

そんな中、晴哉は学校帰りにそのまま来たため、格好はブレザーの制服姿。情緒など欠片《かけら》もないビニール傘をさしており、なんだか自分ひとりだけが浮いている気がして落ち着かなかった。

「さ、さっさと探そう」

独り言を言って石畳を歩く。

その茶房の場所については、茶屋街の外れにあるというふわっとした情報のみ。晴哉はとりあえず、茶屋街周辺を根気よく回り、念のため人で賑《にぎ》わう中心部も一軒一軒の店を細かく見ていった。

しかしながら、お目当ての『あまやどり茶房』とやらはいっこうに見つからない。もちろんどの案内にも店名は載っていないし、ネットを検索しても出てきたのは、面白がって記事にしただけの信憑性《しんぴょうせい》に欠けるものばかり。どれも到底当てにはならなかった。

適当な店で店員に尋ねてみるという方法もあったが……それは晴哉にはいささかハードルが高いため、すぐさま却下に。

万策《ばんさく》尽きた。

「……帰るか」

すべて徒労に終わったのは悔しいが、断念する他ない。

スマホで時間を確認すれば、三十分以上は探し歩いていたみたいだ。

せめてお茶でもしていこうかとも考えたが、店にひとりで入る勇気すらなく、晴哉はバス停を目指して浅野川大橋《あさのがわおおはし》の方に向かう。

この『ひがし茶屋街』のすぐ傍を流れる浅野川は、別名『女川《おんながわ》』とも言われ、架かる橋はアーチ型で古きよきロマンを感じさせる。対《つい》になる『男川《おとこがわ》』こと犀川《さいがわ》と合わせて、金沢の人々に親しまれてきた景観のひとつだ。

「バス、時間が合うのあったか……ん?」

気もそぞろに歩いていたら、ふと違和感に気付く。

「――ここ、どこだ?」

茶屋街を出て、来た道を戻っていたはずなのに。

立ち止まって辺りを確認すれば、こんな景色、晴哉には覚えがなかった。

石畳がまっすぐにどこまでも続いていて、道の左右には古めかしい店が同じくどこまでも連なっている。一見すればまた茶屋街の中にいるようだが、店は軒並《のきな》み閉まっていておそろしいほど静かだ。

ポツポツと立つレトロな街灯は、まだ夜には早い時間帯のはずなのに、ほのかな赤い光を灯している。糸のような雨は変わらず降り続け、耳につくのはそのか細い音だけ。

様子がおかしいことは明らかだった。

ここは見知らぬ異次元で、己は間違って紛れ込んだのではないかという、ゾッとする想像が晴哉の背を這《は》う。

肩に掛けたスクールバッグの紐をきつく握った。

耐え切れず、晴哉は声を張り上げる。

「あの、どなたかいませんか⁉」

「チュイッ！」

「えっ……」

そのさえずりが聞こえたのは頭上からだ。

傘をずらして天を仰げば、二羽のツバメが晴哉を見下ろすように旋回《せんかい》していた。

黒に近い藍色《あいいろ》の羽は光沢《こうたく》があり、くちばしは鋭く、顎にあたる部分は赤い。切れ込みのある尾が空を切って、スイッと飛ぶ姿はどちらも優雅《ゆうが》である。

シーズンはもう少し先のはずだが、『ひがし茶屋街』でツバメを目撃すること自体は決して珍しいことではない。小学生が授業の一環でツバメ見学に来ることもあるし、ツバメが飛び交う茶屋街の様子も乙なものだ。

だけどここはきっともう、晴哉の知っている茶屋街ではないだろう。おまけにツバメたちは二羽とも妙に賢《かしこ》そうで、ただの鳥ではない気がする。

「チュイッ！」

「チュイ、チュイッ！」

ついて来い、と言っている？

ツバメたちはどうやら、晴哉をどこかへ案内したいようだ。

普段なら有り得ない発想でも、いまの晴哉には彼等について行くしか選択肢はなかった。

「ま、待ってくれ！」

見失わないように、晴哉は二羽の尾を追いかけた。

「ここって……」

そしてたどり着いたのは、一軒の店。

ここだけは営業しているようで、引き戸は客を待つようにわずかに開いていた。中からはどこか懐かしいような、いい香りがほんのりと漂ってくる。いつのまにかツバメたちはいなくなっていたが、屋根の下にはこんもり盛ったツバメの巣があった。

足元には、紺地《こんじ》に梅の花をあしらった細長い陶器《とうき》の壺《つぼ》。『梅』は金沢のシンボル的な花木で、加賀藩前田家《かがはんまえだけ》の家紋《かもん》だ。一本だけ番傘《ばんがさ》が入れられているところから、どうやらこの壺は傘立てらしい。

そしてその壺に隠れるように佇《たたず》む、ボロボロの木製の立て看板には、達筆な字でこう書かれていた。

『あまやどり茶房、雨天のため営業中。
美味しいお菓子とお茶セットあります。あなたの会いたい人とご一緒にどうぞ』

「マジであったんだ……」

晴哉の第一声はそんな素直な想いだった。

というか『雨天のため営業中』って。そんな言い回し聞いたこともない。

ひとまず傘を畳んでみたはいいものの、いざ店を前にするとどうすべきか晴哉は戸惑う。

戸の前で突っ立っていたら、急に後ろから「入らないんですか?」と鈴を転がすような声で話しかけられた。

「いまお客さんは誰もいませんよ。どうぞ中へお入りください。歓迎します」

「そうそう! せっかく来たんだからお茶していきなって」

「い、いや、君たちは……?」

振り返ると、そこにいたのは小さな双子の女の子と男の子だった。

齢《よわい》は小学校三、四年生くらいか。

双子だと判断したのは、ふたりの顔が瓜《うり》ふたつだからだ。そっくりな男女の双子はレアだと晴哉も知っているが、そうとしか思えないくらい似ている。どちらもくりくりとした大きな黒目に、ぷっくり膨らむ丸い頬。思わず目を惹く、整った愛らしい顔立ちをしている。

男の子の方は少し生意気そうで、黒髪の短髪に藍色の甚平《じんべい》姿《すがた》。

女の子の方はおっとりした印象で、黒髪のおかっぱ頭に藍色の着物姿。

並んでちょこんと立つ様は一対《いっつい》のお人形さんみたいだ。

それにしても、気配なんてまるでなかったのに、この子たちはいったいどこから現れたのだろう？

「驚かせてごめんなさい。私たちはこの茶房でお手伝いをしている者です。これから私たちが、このお店についてのご説明を……」

「ウイ！　面倒だから入ってもらえばわかるって！」

「エン、ダメだよ。お客様をちゃんとご案内するのが、私たちのお仕事なんだから」

女の子はウイ、男の子はエンというらしい。

エンは「いいから、いいから」と、窘めるウイを適当にはぐらかして、晴哉の手からビニール傘を奪うと傘立てに放り込んだ。

それから焦る晴哉の背……身長差的に腰の辺りを、ぐいぐいと押してくる。

「えっ、ちょ、ちょっと！」

「一名様ごあんなーい！」

下手に抵抗することもできず、晴哉は押されるがままだ。子供からは見た目で怖がられて避けられる人生を送ってきたため、どう対応すればいいかもわからない。

ウイも諦めたのか、困った顔をしながらも戸を両手で開けてくれる。

「お、お邪魔します……」

おそるおそる足を踏み入れると、中は存外普通の店だった。

こぢんまりとした空間に、ふたりがけのテーブル席が三つ。

出入口のすぐ傍にレジ台があるが、レジ自体は旧式で、実用品というよりは展示品だろうか。レジ横には生花が飾られており、傘立てにも描かれていた梅の花が、花瓶《かびん》に活けられて上品に咲き誇っている。

また天井からは和紙製のランプシェードがぶら下がっていて、球体状のそれには二羽のツバメのシルエットがデザインされていた。そこから放たれる柔らかな光が、店内をオレンジ色に染めている。

「あるじ様、あるじ様。お客様です」

ウイが控え目に呼びかけると、奥の市松模様《いちまつもよう》の暖簾《のれん》が持ち上がる。

「ああ、久方ぶりのお客様だ――いらっしゃい、『あまやどり茶房』へようこそ」

ゆったりと顔を出したのは、和服姿のこれまた美しい青年だった。

すっと通った鼻梁《びりょう》に、高い身長。晴哉も百七十五センチと背はある方だが、それよりも高くて百八十センチはありそうだ。

だがそれより特筆すべきは髪と瞳。腰まである長い髪は見事なほど白く、パッと見は二十代後半くらいなのに、全体的な落ち着きもあってもっと年上にも見える。涼やかな瞳は空色で、『雨』に関連する店の名に反して、まるで晴天を映し込んだようだ。まさかカラコンではなく自前だろうか。

晴哉はその非現実的な美しさを感じる佇《たたず》まいに、同性相手だというのについ見惚《みと》れてしまった。

「私はこの店の店主で、名はアマヤ。気軽に呼んで」

「は、はあ……アマヤ、さん？」

「うん」

頷きと同時に着物の裾《すそ》が揺れた。この店のイメージカラーなのか、アマヤが纏う着物も羽織《はおり》も、双子たちと同じ深い藍色だ。

格好も相俟《あいま》って、存在自体が現実味に欠けている。

「よかったらどうぞ、そちらの席に座って」

「あっ、はい」

初対面の客相手にはフランクすぎる態度だが、嫌な感じはしない。

晴哉はおずおずと、勧められた席に座った。椅子を引いてくれたのはウイだ。アマヤにまとわりついているエンと違って、仕事のできる子である。

それにしても、名字なのか下の名前かは不明だが、もしや『アマヤ』だから、店の名前も『アマヤドリ』なのだろうか。

「この茶房についての説明はまだ聞いてなさそうだね。うちは雨の日にだけ営業していて、メニューは日替りのお茶セットのみ。代金なんかは取らないよ。タダで味わって帰ってもらえればいい」

「え……タ、タダでいいんですか？」

「うん。その代わり、君の会いたい人を教えて。ここに来たってことは、誰かいるんでしょう？　必ず会わせてあげるから」

噂の大半は真実だったようだ。

しかし、お茶セットは無料な上に、会いたい人にも会わせてもらえるなんて、あまりに虫のよすぎる話ではなかろうか。

なにか裏があるのでは……と警戒する晴哉に、ウイが慣れた調子で「大丈夫ですよ」と微笑む。

「私たちにとっては、お客様の『願い』を叶えることこそが重要なんです」

「そうそう、そうやって『徳』を稼ぎたいわけ」

エンもウイに同意するように頷く。

晴哉には正直意味がまったくわからなかったが、下手な追及は止めておいた。

ここにたどり着くまでがすでに理解の範疇《はんちゅう》を超えているのだ。深く考えるだけきっと無駄である。

「ん？　これは？」

ふと、そこでアマヤが、椅子の背に引っ掛けた晴哉のスクールバッグに目を留める。

正確には、バッグについた『お守り』に、だ。

「あ……これはその、小さい頃に祖母にもらったものです」

巾着型《きんちゃくがた》のお守りは、一見すれば無地の青色だが、よく見ればうっすら水玉模様が入っている。目つきの悪い高校生男子が持ち歩くには、ミスマッチな代物だということは本人も自覚済みである。

だがこれは、晴哉にとってはとても大切なものだ。

「二年前に亡くなった祖母が、家にある古い服の布で手作りしてくれたもので。小学校に上がるときに、俺の身を助けるお守りだって……あ、あの、アマヤさん？」

アマヤは食い入るようにお守りを見つめている。あまりに真剣なので、なんだなんだ⁉と内心で焦る晴哉に、アマヤはボソッと「名前は？」と呟いた。

「えっ？」

「名前。君の名前だよ」

「陽元……晴哉ですけど」

気迫に押されて素直に答えれば、先に反応したのはエンの方だ。「うちの店には一番似合わねえ名前だな」などとからかう彼を、またもやウイが「お客様に失礼だよ！」と慌てて注意している。

アマヤはいまだお守りを見つめたままだ。

「あの……」

「……そうか、君が」

なにかをひとりで納得したアマヤが、やっと視線を上げて晴哉に目を合わせる。

すべてを見透かすような空色の瞳にドキリとした。

「すまないね、話が逸れた……本題に入ろうか。君は誰に会いたいんだい？」

「え、ええっと、住んでいる場所も、本名さえも知らない相手なんですが……」

「問題ないよ。言ってみて」

晴哉は緊張で喉を鳴らす。

本当に。

本当にまた、『あの子』に会えるのだろうか？

「俺が会いたいのは、幼い頃に友達だった女の子です。もう一度……『オトメちゃん』に会わせてください」

＊

それはまだ、晴哉が小学校三年生のときの話である。

会社勤めの父は単身赴任中。母もパートで家を空けることが多く、共に遊ぶ友達などいなかった晴哉は、学校帰りや休日はよく、少し離れたところに独りで住む祖母の元へ通っていた。

父方の祖母である陽元かさねは、夫に早く先立たれたこともあり、孫である晴哉をたいそう可愛がっていた。

彼女は歳などものともしないしっかり者で、若いときは美人だったことが容易に想像できる、品のいい老婦人だった。礼儀にうるさいところはあれど、面倒見がよく優しいかさねに、晴哉も懐いていた。

また当時、かさねの家の裏山で、図鑑を片手に植物を見て回ることが、晴哉のささやかなブームでもあった。『山奥には入らない』というかさねの戒《いまし》めをきちんと守り、図鑑と同じ花や木を見つけては楽しんでいたのだ。

そんなある日のことだ。

「う、うう、ううう」

大きな木の根元で、女の子がうずくまって泣いていた。

歳は晴哉と同じくらいだろうか。襟元にリボンのついた臙脂《えんじ》のワンピースを着て、やけにオシャレなスクールバッグを抱えている。

バッグに縫《ぬ》われた校章は名門私立小学校のものだ。晴哉の通う学校とは一線を画する、家が裕福で頭もいい子が行く学校。そう思うとなるほど、少女が纏うワンピースは質がよさそうだ。

「ど、どうして泣いてるの？　どこか痛いの？」

放っておくこともできず、晴哉は探り探りそう声をかけた。

ビクッと肩を震わせて少女が頭を上げる。

顔はぐしゃぐしゃに泣き腫らしていたが、気の強そうな猫目に、目の下に点々と三つある黒子《ほくろ》が特徴的だった。

「……どこも痛くはないの。お母さんに、塾のテストの点数が悪くて怒られたのが悲しかっただけ」

「テスト？」

「そう。八十五点だったから、怒られた」

それは十分いい点なのでは？　と晴哉はきょとんとする。

初対面の晴哉を相手に、ぐずぐずと吐き出すように喋る少女の話を聞いていると、どうやら彼女の母親はかなり厳しい『教育ママ』らしい。学校がない休日でも、家庭教師に塾《じゅく》にと勉強漬けで、「お友達もできない」と嘆いていた。

そんな日々に嫌気がさしていたところ、今回の件があり、少女は我慢の限界がきてこっそり家を飛び出したそうだ。

「家はこの近くなの。気付いたら山の中まで来ちゃって……」

「だ、大丈夫なの？　お母さんにバレたら怒られない？」

「平気よ。私を怒ったあと、ママ友とのランチに出掛けちゃったもん。しばらく帰ってこないわ。私は家で大人しく勉強でもしてると思ってるんじゃない？」

話しているうちに少女はいつのまにか泣き止み、今度はふんっと拗《す》ねていた。内面に反して無表情が常な晴哉とは違い、表情がすぐに出る子だ。

少女のお家事情も気になるが、それよりも晴哉は彼女の「友達がいない」という発言が気になっていた。

自分と同じだ。

少女は晴哉の目つきも怖がらないし、普通に接してくれている。

これはもしかして、お互いの初めての友達になれるのでは……と、晴哉は密かに期待を抱いた。

「そういうあなたは？　こんなところでなにしてるの」

「えっと、お、俺は……」

晴哉も祖母の家が近いことと、ここでよく独りで遊んでいることを伝えた。

するとと少女に、ズバッと「なんだ、あなたもお友達がいないのね」と図星を指されてプチダメージを喰らったが。そのおかげで「それなら私と友達になってよ」と少女から言い出してくれた。

「今日みたいな日曜日のお昼は、お母さんは『ママ友の集会』があるの。今度からも抜け出すつもり。またここに来るから。毎週私と遊んでよ」

「遊んでって……」

「あなたがいつもしてることでいいわよ」

植物ウォッチングに付き合ってくれるらしい。

少女は泣いていたときの儚さなど見る影もない、なかなか強引な性格だが、晴哉はふたりで山を歩き回る想像に胸がドキドキしていた。

それはとってもとっても楽しそうだ。

「そうだ、あなたの名前はなんていうの?」

「は、晴哉」

「ふーん、じゃあハルくんね。私のことは……そうね、オトメって呼んで」

「オトメちゃん?」

「うん。これからよろしくね、ハルくん」

少女はスッと白い手を差し出し、「それとハルくんは、もっと笑った方がいいわよ」と、まるでお手本のように可愛らしい笑顔を見せた。


これが晴哉と少女――『オトメちゃん』の出会いであった。

それからふたりは、山の中で週に一度集まって遊ぶ友達になった。待ち合わせ場所は最初に遭遇した大きな木の下。

『オトメちゃん』は晴哉よりは確実に頭がいいはずだが、植物の知識は皆無なようで、いつも晴哉の植物解説に猫目をキラキラさせていた。そうかと思えば、唐突に「笑顔の練習!」などと言い出して、晴哉の表情筋を鍛えることに精を出したりもした。練習は残念ながら実を結ばなかったが。

また雨天の日などは、晴哉はかさねの家に『オトメちゃん』を招待した。晴哉が初めて連れてきた友達にかさねは大興奮し、「おやつをいっぱい作ってん。たあんと食べまっし」と、得意のお菓子作りの腕を大いに振るっていた。

会える日や時間は限られていたが、晴哉にとって『オトメちゃん』はとても大切な存在だった。ずっとずっと、こうしてふたりで遊べると思っていた。

だけど『別れ』というものは突然、予告もなしにやってくる。


「……オトメちゃん、いないの？　オトメちゃん？」

出会ってからもうすぐ一年に差し掛かる頃。

その日は小雨が降っていたので、晴哉はカッパを着て、慣れた調子で待ち合わせ場所まで来ていた。しかしいくら待ってみても、いっこうに『オトメちゃん』は現れない。

だがそのときは、晴哉はそこまで気にしなかった。急に塾の模試が入ったとか、お母さんの『ママ友の集会』が中止になったとかで、『オトメちゃん』が来ない日は過去に何度かあったからだ。

しかし次の週も、また次の週も、またまた次の週も……『オトメちゃん』は現れなかった。

それでも諦めずに、晴哉は待ち合わせ場所に通い続けた。

一年近く一緒にいたというのに、晴哉は『オトメちゃん』の連絡先も家の場所も、本名だって知らない。学校はわかるがそこまで押し掛けるのは躊躇《ためら》われた。

そんな晴哉にできるのは、再び『オトメちゃん』が来てくれることを信じて木の下でただ待つことだけだ。

だからたとえ……酷い大雨が降りしきる中でさえ、約束の日曜日が来たなら、山に行かなくてはいけない。

かさねから「行ってはいけない」と釘を刺されていたが、危険を顧《かえり》みずに向かった。

そうしたら案の定、転んで怪我をして動けなくなり、晴哉はあわや死ぬのではないかという目に遭った。助かったのは奇跡と言ってもいい。

……ただこの日のことに関しては、晴哉の記憶は途中から曖昧《あいまい》だ。

どうやって助かったのかはわからず、気付けばかさねの家の布団の上で眠っていた。

かさねに聞いてもはぐらかされ、答えの代わりにきついお説教を喰らう羽目になった。
何度も「心配かけてごめんなさい」と繰り返しながら、そこで晴哉はようやく悟ったのだ。

自分はもう、『オトメちゃん』には会えない。
彼女はいなくなってしまったのだ――と。

そしてこの大雨の日の事件以来、晴哉はたくさんの思い出が詰まった裏山にすら、二度と立ち入ることをしなくなったのであった。

＊

「そのときに諦めたつもりだったんです……でもあれから何年も経ったのに、いまだにふとした瞬間に彼女のことを思い出してしまって。いま元気にしているかどうかだけでも、会って確かめたいんです」

拙《つたな》いながらも語り終えて、晴哉は俯《うつむ》く。

教室でこの茶房の噂を聞いてから、実はずっと『オトメちゃん』の姿が脳裏を離れなくて困っていたのだ。あまりにもいきなり離れ離れになってしまったので、本音を言えば未練なんてありまくりだ。

佇《たたず》んだまま話を聞いていたアマヤは、空色の瞳を細めて「わかったよ」と微笑む。

「まずはお茶セットの準備をしてくるから、少し待っていて。エン、ウイ、手伝ってくれる？」

「おう」

「はい！」

藍色の裾と白髪を翻《ひるがえ》して、アマヤが暖簾の向こうに消えていく。エンとウイもそれに続いた。

騒々しい双子がいなくなると、静かな店内に満ちるのは外の雨音だけ。

雨はいまだ降り続いているらしい。

残されて手持無沙汰になった晴哉は、そわそわと落ち着かない気持ちに耐えかねて、スクールバッグからスマホを取り出した。メッセのやり取りをする友人などは皆無なので、ニュースでもチェックしようかなと思ったのだ。

しかしどうしたことか、勝手に電源が落ちている。

試行錯誤してもまったくつかない。

「マジか……」

ここに来るまでは問題なく機能していたし、充電切れなんて事態でもないはずだ。ただ壊れただけとも考えられるが、晴哉にはこの茶房にいることこそが、原因な気がしてならなかった。

そこで改めて、この奇妙な空間について考えてみる。

ツバメに誘われて店に着く前、見知らぬ異次元に紛れ込んだのでは……と案じたことは、おそらく間違いではない。ここは金沢の『ひがし茶屋街』であって『ひがし茶屋街』ではない異次元なのだ。

そんなここで働くアマヤも双子も、下手をしたら人間ではない可能性がある。むしろ人間じゃない方がしっくりくるくらいだ。

だが怖がりな晴哉にしては不思議と、この状況を怖いとは感じなかった。

それはエンが人懐っこいせいか、ウイが単純に可愛いせいか。もしくは茶房の主人であるアマヤが、スルリと人の心の内側に違和感なく収まるような、独特の雰囲気を持っているせいか。

そう、それに。

「あの瞳の空色、どこかで見たような……」

「空がどうしたんだい？」

「うわっ！」

いつのまに現れたのか。存外近い距離にアマヤがいて、晴哉は椅子の上で飛び上がらんばかりに驚いた。

慌ててスマホをバッグに仕舞う。

「驚かせちゃってごめんね」

「い、いえ……」

ひとりで戻ってきたアマヤは、片手に朱色のお盆を携《たずさ》えていた。それに載せて運んできたものに、晴哉の意識が吸い寄せられる。

「これは……あんころ餅？」

四角い白磁の器に、ころころと鎮座《ちんざ》するふたつの丸い茶色の和菓子。

餅があんこの衣を纏っていることから、『あんころ餅』という名が付いたこの菓子は、金沢では定番のお茶《ちゃ》請けだ。

「甘いものは好き？」

「わ、わりと……祖母がよく作ってくれたので。俺にはその、似合わないでしょうけど」

「好きなものに似合う、似合わないがあるのかい？　好きなら好きでいいじゃないか」

ごもっともな意見だ。

晴哉は卑屈なことを言ってしまったことを小さく反省する。

それに金沢は『菓子処』としても有名であり、全国的にも金沢の人は、一番お菓子を食べる県民であるという統計も出ている。

開き直って、晴哉が「本当はわりとじゃなくて、大好きなんです」と言い直せば、アマヤは嬉しそうに器をテーブルに置いた。

「上に振ってあるこれは金箔《きんぱく》ですか？」

「そう、彩りが加わっていいだろう」

よく見たらあんころ餅には、キラキラと輝く金箔も散らされている。

金沢といえば金箔。

生産環境が適しているため、金沢の金箔生産量は日本で群を抜いている。きらびやかな食用金箔と、落ち着いた色合いの和菓子は、見た目の相性も抜群だ。

なにより晴哉にとって、あんころ餅は特に縁深いものだ。

「祖母の作るお菓子の中で、特に好きだったのが特製のあんころ餅だったんです。祖母も一番よく作ってくれて……小豆《あずき》を丁寧に漉し器《こしき》で漉して、滑らかにするんです。一緒に食べた『オトメちゃん』も絶賛していました」

「じゃあこれは、ふたりにとって思い出のお菓子だね」

「はい……いただきます」

かさねに躾《しつ》けられた習慣で、きちんと手を合わせてから、晴哉は竹製の菓子楊枝《ようじ》であんころ餅を口に運んだ。

「ん……！」

ほどよい塩味と甘さが舌にじんわり広がっていく。餡の中に隠れた餅が、しっかりとした噛み応えのある食感を生んだ。ゆっくりと咀嚼《そしゃく》すれば、過去にかさねが作ってくれたものと、とても味わいが似ている気がした。

『オトメちゃん』と、かさねのあんころ餅を頬張った記憶がよみがえる。

『ハルくん！　かさねさんのあんころ餅は、今日も最高ね！』

『オトメちゃんが来る日は、おばあちゃんもいつもより張り切って作っているんだよ』

『嬉しいわ、何個でも食べられそう！』

『……あ、でも』

『もう、わかっているわよ。最後のひとつは食べちゃダメなんでしょう？　ちゃんと残してあるから』


……そう。

最後のひとつのあんころ餅だけは、ふたりとも決して食べなかった。

それにはちゃんと理由があったのだが、そこでアマヤに「手が止まっているよ、どうかした？」と声をかけられ、晴哉は過去から帰還する。

食べかけのあんころ餅を食べ終えて、添えられた湯呑みのお茶も一口。

温かい緑茶が体を満たす感覚に、晴哉は「ほう」と息をついた。

「お菓子もお茶も美味しいです。これ、本当にお金を払わなくて……ん？　なにか聞こえませんか？」

「ああ、ようやく連れてきてくれたみたいだ」

不意に晴哉の耳に、出入口のドアの方から、雨音に交じって複数の声が聞こえてくる。

「ね、ねえ、ちょっと君たち!?　いったいどこから現れて……ここはなんなの!?　私、さっきまで学校にいたはずなのに……！」

「あーあーいいから、いいから。つべこべ言わず入れって」

「中であなたをお待ちの方がいますので」

声は三人分。

内ふたりはエンとウイだ。ふたりはアマヤに続いて店の奥に消えたはずだったが、裏口からでも外出していたのか。

そしてもうひとりは――。

「はいよ、一名様追加でーす！」

エンが片手で元気よく戸を開け放つ。

双子に両手をガッチリ取られて入ってきたのは、セーラー服姿の少女だった。

胸ポケットに描かれているのは、ここら辺の高校では見ない校章だ。スラッとした細身の肢体《したい》に、黒髪ロングの癖ひとつないストレートヘア。背筋がピンッと張っていて姿勢がいい。

成長しているのは当然として、晴哉の知るあの頃の面影《おもかげ》が確かにある。なにより特徴的な猫目と目の下の三つの黒子が、ずっと求めていた相手が彼女であることを、はっきり晴哉に伝えていた。

「オトメちゃん……」

「その呼び方……え、まさか、ハルくん？」

ああ、本当に『オトメちゃん』なんだ。

懐かしい『ハルくん』という響きに、晴哉は胸が詰まる想いだった。自分のことをまだ覚えていてくれたのが嬉しい。こんな奇跡のようなこと、目の当《ま》たりにしてもまだ信じられない。

だが驚いているのは相手も同じだ。いや、いきなりこんなところに連れてこられた分、彼女の方がさぞ困惑していることだろう。

「ほ、本当にハルくんなの？　なんで大きくなったハルくんが……？」

「それが俺にも理解がまだ追い付いてなくて……」

「結局ここはどこなの？　私、これから友達と約束があって、学校の図書室で時間を潰していたはずなんだけど」

……いまの彼女には自分と違って、ちゃんと別で『友達』がいるんだなという、刹《せつ》那《な》の寂しさは置いといて。

晴哉はどう説明したものかと悩んだ。

おそらく双子は、晴哉には理解の及ばない人知を超えた力で、強引に『オトメちゃん』をここに連れてきたに違いない。

それならば一刻も早く元いた場所に帰してあげなくては。彼女は待ち合わせの最中だったというなら尚更だ。

「アマヤさん、あの！」

「大丈夫、そこは問題ないから」

無表情の下で焦る晴哉に対し、アマヤはそっと、晴哉の思考を読んだように屈《かが》んで耳打ちする。

「『ここ』では時の流れが違うんだ。こちらでどれだけ時を過ごそうと、『あちら』に戻ればほんの数分意識を飛ばしていた程度。エンとウイには、ちゃんと連れてくるタイミングも指示してあるから、彼女の迷惑になるようなことはないはずだよ」

「は、はあ……」

有無を言わさず綺麗な顔で微笑まれたら、晴哉は頷くことしかできない。囁かれた内容はファンタジーすぎるが、なんだかもう一周して慣れてきてしまった。

アマヤは流れるような所作《しょさ》で『オトメちゃん』に向き合う。

「ようこそ、『あまやどり茶房』へ。ここは雨の日だけ、会いたい人に会える金沢の茶房。心行くまで一服していくといいよ」

「あまやどり茶房……？　なんで東京から金沢に……」

「ふむ……手っ取り早くご理解頂くには、ここは君の夢の中のようなものだと思ってもらえると」

「ゆ、夢？」

「君はお友達を待っている間に、図書室の席で眠ってしまったんだ。さあ、まだご友人が来るまでには時間があるから。夢から覚めないうちに、こちらでお茶とお菓子でも。すぐに用意するので」

アマヤは強制的にもろもろを『夢』だと説明して、だいぶ強引に『オトメちゃん』を丸め込んだ。双子の「さあさあ、お早くどうぞ」「座れ、座れ！」という連携プレーにも押され、彼女は戸惑いながらも晴哉の正面に腰掛ける。

「それでは、どうぞごゆっくり」

そう告げて、またしてもアマヤは双子を連れて店の奥に消えていった。

残された晴哉たちの間には、なんとも気まずい沈黙が下りる。

そもそも軽率《けいそつ》に「会いたい」などと言ってしまったが、いくら晴哉が会いたくとも、『オトメちゃん』が会いたがっていたとは限らない。存在を覚えてもらっていたのは僥倖《ぎょうこう》だが、それだけだ。

迷惑に思われていたらどうしよう。

いまさらになって多大な不安が晴哉を襲う。

「あの、さ。ハルくん……えっと」

晴哉がもだもだしているうちに、口火を切ったのは『オトメちゃん』だ。

「ただの夢っていってもさ、すごくリアルだから。ハルくん、小学生の頃から凶悪な目つき変わってないし。本当にハルくんだと思って話すね？」

「あ、ああ、うん」

「……その、夢でもさ。また会えて嬉しい」

「えっ」

「ずっと会いたかったの」

睫毛《まつげ》を震わせて、『オトメちゃん』は小さくはにかむ。

その顔は記憶より大人びていて、だけど笑うと猫目が緩む様は昔のままだ。

晴哉の不安は一気に吹き飛ばされてしまい、真顔のまま頬が熱くなる。なんとか小声で「俺もずっと会いたかったんだ」と言えば、軽《かろ》やかな笑い声が返ってくるのだから、たまらなく気恥ずかしい。

「私ね、ハルくんに謝りたかったの。あれだけ仲良くしてもらったのに、なにも言わずにいなくなっちゃったこと、ずっとずっと後悔していたから」

「……なにか理由があったんだよな？　オトメちゃんなりの」

「──みお」

「え？」

脈絡もなく飛び出た単語に、晴哉は意表を突かれる。

「理由を話す前にその呼び方、いまさらだけど訂正させて。『オトメちゃん』は名字から取って適当に名乗っただけ。本名は早乙女澪《さおとめみお》。澪って呼んで」

「み……澪、ちゃん」

「うん」

満足そうに頷く『オトメちゃん』──もとい澪。

「紛らわしくてごめんね。あの頃は下の名前が嫌いだったから……」

「いまは嫌いじゃないんだ？」

「……うん」

ランプシェードの淡い光が、ふたりを包むように揺れている。

それから澪は、なぜいきなり晴哉との待ち合わせ場所に来なくなったのか、その理由を話し始めた。

「簡単に言うと、お母さんに家を抜け出していることがバレちゃって。一年近く隠し通してきたんだけどね。お母さんはめちゃくちゃ怒って、私への監視の目がさらに厳しくなってさ。そんなときに、お父さんの急な東京への転勤が決まって……家族で引っ越すことになったの」

「そうだったんだ……」

先ほどもアマヤの説明に対し、「東京から金沢？」と驚いていたので、澪の現住居は東京なのだろう。ここ石川県からは、北陸新幹線で二時間半で着くが、けっして近いとは言えない距離だ。

「ハルくんのところに行こうにも行けなくて、そのまま金沢を離れちゃって。なにも告げずにいなくなって、本当にごめんなさい……っ！」

「い、いいから！　そんな事情なら仕方ないって！」

澪はテーブルに額がつきそうなほど深々と頭を下げる。

晴哉はネガティブ思考で、「もう自分に愛想《あいそ》を尽かしたから来なくなったのでは？」とか想像していたので、むしろ安堵したくらいだ。

嫌われたわけじゃなくてよかった。

それなら、残る気がかりはひとつだけだ。

「答えにくかったら、その、答えなくていいんだけど。澪ちゃんとお母さんって、いまはどういった感じなんだ……？」

澪と母親の関係については、晴哉は当時から幼心にも気を揉んでいた。

結局、澪の涙を見たのは出会いの場面のみだったが、母親に対する鬱憤《うっぷん》はよく聞かされていた。それでも母を嫌いにはなれないのだ……ということも。

デリケートな問題なので、尋ねるのには躊躇いがあったが、こんな最高の機会を設けてもらったのだ。

いま聞いておかなくては。

しかし緊張感たっぷりの晴哉に対して、澪はあっけらかんとした顔で打ち明ける。

「それがね、いまはすっごく良好なの！　というのもさ、引っ越しを機に家族で話し合いの時間が持てて。仕事ばっかりなお父さんにお母さんは不満をぶつけたし、私もお母さんにもっと自由にさせて！　って、やっと言えた。都会住みは慣れなかったけど、その分家族で協力するようになって……お母さんの性格もだいぶ穏やかになったんだよ」

「そっか……あのさ、澪ちゃんが下の名前が嫌いだったのって、たぶんお母さんが原因だよな？」

「うん。お母さんはいつも怒った声で私の名前を呼ぶから、少しずつ嫌いになったんだよね。でもいまは大丈夫」

心配してくれてありがとう、ハルくん。

それを聞いて、晴哉は今度こそ肩の力を抜いた。

澪が自分から離れたのは致し方ない理由があってのこと。また彼女はいま、家でも笑って過ごせている。そのふたつの事実がわかっただけで、晴哉の長年抱えていた引っ掛かりは、ゆるゆると溶けて跡形もなく消えてしまった。

澪に会わせてくれた双子とアマヤ、この茶房には感謝しかない。

「ねえ、さっきから私の話ばっかりだよね？　ハルくんはどうなの？」

「は？　俺？」

「友達はできた？　学校は楽しい？」

身を乗り出さんばかりの勢いで、澪は親戚のおばちゃんみたいな質問を投げかけてくる。晴哉はまさかの自分に向けられた矛先に動揺を隠せない。

さすがに「いまでも学校で友達ゼロのぼっちです」とは言えなかった。晴哉にだって見栄《みえ》やプライドはあるのだ。

だが澪は幼き日と変わらぬ強引さを発揮して、やたらぐいぐい来る。

「もしかして彼女とかできた？」

「できてない！」

「ふーん……まあ、私も彼氏とかいないけどさ。ハルくんはきっかけがあれば絶対モテるのに。好きな子は？　いないの？」

「いないってば！　ちょ、顔近いから！」

ついにテーブル越しに立ち上がって顔を寄せてくる澪に、晴哉はしどろもどろである。

勘弁してくれ……！　と思ったところで、「お、盛り上がってんなあ」と明るい声が割って入る。

「もう、エン！　まだ様子見しようって言ったのに、水差しちゃダメだよ！」

「仕方ないだろ、様子見なんてしてたら茶が冷めるんだから。ほい、あんたの分のお茶セットな！」

双子がわちゃわちゃしながら出てきて、エンの方が澪の前に軽い調子でお茶セットを並べる。晴哉に出されたものとまったく同じ、緑茶と金箔載せあんころ餅だ。おしぼりを一緒に持ってきてくれたウイは、「お話を邪魔してすみません」とペコペコ頭を下げている。

「ううん、気にしないで。それより、夢の中でもこれって食べられるの……？」

いぶかしげに餅を楊枝でつつく澪に、晴哉は自分の残りの餅を噛んでみせる。澪は「最近の夢ってすごいのね」なんて微妙にズレた発言をしながらも、晴哉に倣《なら》って口に運んだ。育ちがいいためか所作が綺麗《きれい》だ。

次いで、わっ！　と猫目を輝かせる。

「美味しいわね、これ！　餡がほどよく甘くて、噛むともっちりしていて。かさねさんに作ってもらったやつに似ているかも」

「……覚えていたんだ」

「もちろん、いっぱい食べさせてもらったもの。なんだっけ、『最後のひとつは残しとくげんよ。それは神様へのお供《そな》えもんやからねえ』だっけ。かさねさんが、いつも言ってたやつ」

晴哉と澪が、最後のひとつのあんころ餅だけは決して食べない理由。

それはかさねが、そのひとつを『神様の祠《ほこら》に供える用』として取っておかせたからだ。あんころ餅に限らず、供えられるお菓子のときはそうするのがルールだった。

『祠』は例の裏山の少し奥まったところにあり、小さい上にボロボロに廃《すた》れていたが、かさねはとても大事に扱っていた。足を悪くして山に行けなくなるまで、マメにお参りをしに通っていたものだ。

晴哉はかさねと一緒に行ったことも、かさねが行けなくなってからは代理でお菓子を届けたこともある。澪も機会があれば付き添っていた。

だが晴哉は澪との決別以来、幼心にもトラウマから山に寄り付くことすらできなくなったため、そのあとの祠がどうなったのかは知らない。祖母が気にかけている様は度々《たびたび》見かけたが、あいにくと確かめられていないままだ。

あの祠は、現在もあそこにあるのだろうか？

「ところで目つきの悪い兄ちゃん、好きな人がどうとか話していたけど、兄ちゃんはそこの姉ちゃんが好きなんじゃないのか？」

「げふっ」

エンの突拍子《とっぴょうし》もない発言に、晴哉の思考は中断された。傾けた湯呑みの中身をべ夕に吹き出しかける。

「エン！　ダメだよ、そんな込み入ったこと聞いたら！　お客様に目つきが悪いとかも失礼だよ……！」

「目つきは本当のことじゃん。姉ちゃんも兄ちゃんも、お互いが初恋ってやつじゃねえの？　ほら、ウイの好きな、目に痛いキラキラの漫画によくある」

「少女漫画は素敵だもん！」

乙女心を発動させているからか、主張するウイの声は強めだ。

晴哉からすれば、ウイが少女漫画を読むことが意外である。見た目の古風なイメージからは、読むとしても古典文学などっぽいのに。

……正直、晴哉は澪のことを『そういう意味』で好きだったのかどうかは、自分でもわかっていない。大切な存在であることは間違いないが、初めてできた友達というだけで浮かれていたのだ。

また考えるまでもなく、きっと澪の方は、晴哉に対して恋心なんて微塵《みじん》も抱いていなかっただろう。異性として意識されていたとは到底思えない。

そう結論付けて、晴哉は気を取り直して緑茶をすすり直そうとしたのだが……。

「あれ？　澪ちゃん、顔が赤いけど大丈夫か？」

「うう……」

正面に座る澪の顔は熟《う》れた林檎《りんご》のように真っ赤だった。

「お茶が熱かったのか……？　冷たい水でももらう？」

「ハルくんの鈍感……！」

「えっ⁉」

「鈍感だな」

「鈍感、ですね」

澪からの突然の罵倒《ばとう》。

エンとウイにも憐れみを孕《はら》んだ目で見られ、晴哉はなにがなにやらだ。

「人間の感情なんて、俺らには手に取るようにわかるのにな。どうして人間同士だとわかんねえんだろう」

「それが人間だからだよ。だいたいエンは、理解はできても情緒や配慮に欠けるっていうか……」

「なんだよ、バカにしてんのかよ、ウイ」

「バ、バカになんてしてないよ！」

「してる！」

「してないってば！」

お客の前だということも忘れ、双子は言い争いを始めた。

晴哉は焦りながらもどうにか止めに入り、赤い顔から復活した澪はその様子を見てクスクスと笑っている。

そんなふうにしばらくは、晴哉は双子も交えて、お茶と和菓子をお供に、澪との他愛のない会話に花を咲かせた。それはぼっちな日々に慣れた晴哉には、どこかむず痒《がゆ》くも心から楽しいと思える時間だった。

しかし、特殊なこの時間は、あっという間に終わりを迎えてしまう。

「お話し中に失礼するよ。実はそろそろ……」

アマヤが告げたのは、この不思議なティータイムの幕引きだ。

最後にもう一杯と出されたのは、爛漫《らんまん》の花の中を飛ぶツバメが大胆に描かれた、九《く》谷焼《たにやき》の湯呑み。先に出されたものより小振りで、澪と晴哉の分で対になっている。

九谷焼は石川県の伝統工芸品。鮮やかな絵付けが特徴で、花もツバメも色彩豊かに表現されている。

「中身のお茶は加賀棒茶《かがぼうちゃ》。この土地で生まれた上質な『ほうじ茶』だね。一般的なほうじ茶は茶葉を焙《ほう》じるけど、加賀棒茶は茶の茎部分だけを焙煎《ばいせん》して作るんだ。うちでは〆《しめ》の一杯は必ずこれ……このお茶を飲み干してもらって、この夢は終わりだよ」

澄《す》んだ琥珀色《こはくいろ》の水面が揺らめく。

同じように、澪も名残惜《なごりお》しげに瞳を揺らした。

「そっか……もうこの夢も終わっちゃうのね。いつか現実でもハルくんに会えるかしら。あ、そうだ！」

「澪ちゃん……？」

澪はいいことを思い付いたという表情で、傍のウイに「紙とペンはある？」と尋ねた。ウイは快く首肯《しゅこう》して、レジカウンターからメモ用紙と万年筆を持ってくる。

「夢だってわかってはいるんだけど……」

そう呟きながら澪はペンを走らせる。

書き終わった紙を四つ折りにして、サッと晴哉に差し出した。

「なにを書いたんだ？」

「あっ、待って！　いまは開けちゃダメ！　なんか恥ずかしいから！」

気になったが、澪が「目の前で開けるな」と止めるなら仕方ない。晴哉はそっと紙をズボンのポケットに仕舞った。

それからふたりはアマヤの言葉に従い、ゆっくりと九谷焼の湯呑みを持ち上げる。

「またな、澪ちゃん」

「ええ。またね、ハルくん」

遠い昔、幼いふたりが大きな木の下で別れるときのように。また会う約束を当然のように交わして笑い合い、お互い湯呑みに口をつける。

独特の香《こう》ばしい香りが鼻孔を満たし、コクのある上品な味が喉を潤していく。

湯呑みを空にして、晴哉が「ふう」と息をついたとき。

——目の前に座っていたはずの澪の姿は、跡形もなく消えていた。

「ご満足頂けたかな？」

「……はい」

もうなにが起きても驚かない。

晴哉は清々《すがすが》しい気持ちで席を立つと、アマヤに向き合って頭を下げる。

「あの、この度はありがとうございました。まさか本当に会わせてもらえるなんて。『オトメちゃん』に……澪ちゃんにもう一度会えて、たくさん話せて、胸のつかえが取れた気分です」

「それは重畳《ちょうじょう》。私も君の願いを叶えられてよかったよ」

「お代は本当にいらないんですか？　せめてなにか恩返しをさせて頂きたいんですが……」

受けた恩はきっちり返すべし。

かさねからの教えだ。

「ええっと、例えばまた来たときに、お金の代わりに菓子折りを持ってくるとか」

「この茶房は基本、同じ人間は一度きりしか来られないルールなんだよ。兄ちゃんの気持ちは嬉しいけどな！」

「あ、そうなのか……」

エンの遠回しの『お断り』に、晴哉は密かにガッカリする。恩返しをしたい気持ちに嘘はないが、それとは別に、この茶房にまた来たいと考えていたのだ。

晴哉は自分でも気付かぬうちに、この『あまやどり茶房』をすっかり気に入ってしまっていた。

「そのルールも例外はあるんだけどね……ふむ」

アマヤが考え込むように、頤《おとがい》に手を添えて瞳を伏せる。髪と同じ、白くて長い睫毛が影を落とす様は、艶《つや》めいて絵になった。

双子が「あるじ様？」とそろって首を傾げる中、アマヤはひとり頷いて顔を上げる。

「いいよ、晴哉くんなら今後もこの茶房に来ても。もとより君は特別だ」

「特別……？」

ああ、と柔らかく微笑まれる。

「だから別に、またタダでお茶とお菓子を楽しみに来ればいいんだけど……」

「それは申し訳ないです……！」

「そう言うだろうね。だからなんらかの形で、店に貢献してもらえればいいよ」

「貢献？　な、なにをすればいいんですか？」

「そうだな……君、掃除は得意？」

この問いには、晴哉は咄嗟《とっさ》に「あ、はい」と即答できた。

かさねは綺麗好きだったし、掃除のイロハは叩き込まれている。また母親の方はズボラなため、晴哉が掃除を含めた家事を代わることも多い。晴哉の主夫力はけっこう高いのだ。

「でも、本当に掃除するだけでいいんですか?」

店内は隅から隅まで、ウイ辺りががんばっているのかピカピカだ。掃除なんてそこまでする必要はなさそうに見える。

そんなことくらいで『貢献』になるのだろうか……と眉を寄せていたら、双子が左右で深刻な顔をしていた。

「いやいや、兄ちゃん。お前はわりと大変な役目を負っちまったぜ」

「あるじ様が掃除して欲しいのって、ここであってここじゃないと言いますか……一番大変な役目かもです」

「え? え?」

「さあ、詳しいことは次に来たときにして。君も元の場所に戻らなくては。あちらの戸を開けて気を付けてお帰り」

スッと繊細な指先で、出入口の戸を示される。

澪とは違い、晴哉は来たときと同じように、あの戸をくぐって出ていかなくてはいけないようだ。

「傘も忘れずにね」

「わかりました……では、あの、また来ます」

「ああ、待っているよ」


雨が降ったら、いつでもいらっしゃい。


そう微笑むアマヤと、手を振る双子に見送られ、晴哉は惜しむ気持ちを抱えたまま茶房を出た。

途端、襲うのはぐにゃりと視界が歪むような感覚。

「うっ……あれ？」

その一瞬の不快な感覚が収まる頃。

晴哉は気付けば、人で賑わう往来の真ん中に立っていた。

道の左右には様々な茶屋建築の店が立ち並び、観光客から地元民までたくさんの人々が、ガヤガヤと騒がしく行き交っている。屋根からポタリと落ちた雫が、店先の立て看板に当たって跳ね返った。

「戻ってきたんだ……」

よく知る『ひがし茶屋街』の風景が、足元の水溜まりに映り込んでいる。

また手にはしっかりと、傘立てに入れたはずのビニール傘が握られていた。それこそいつ握ったのか。

「もう傘はいらなそうだけどな」

空を見上げれば、雨はすっかり上がっている。

頭上に広がる青々とした空模様は、朝からの曇天が嘘のようだ。空気はまだ湿り気を帯びているが、心地のよい春の風が肌を撫でる。

不意に茶房の名前を思い出して、晴哉はなんだかおかしくなった。

それこそ本当に、あの店で『あまやどり』をさせてもらった気分だ。

「ピタッと雨止んだね。着物に合わせて和傘持ってきて正解だったけど」

「ねー。金沢が雨多いってマジだったね。そろそろバス乗ろうか」

大正風の可愛らしい着物を来た女性たちが、きゃっきゃっとはしゃいで晴哉の横を通り過ぎていく。

まだ脳内は夢現《ゆめうつつ》といった感じだが、晴哉は女性たちの会話につられるように、とりあえずバス停へと向かうことにした。着いてみたらこちらは人がまばらだ。まずは時間を見ようとスマホを取り出した。

茶房内では電源すら入らなかったが、いまは問題なく復活している。そして画面の時計を見て、晴哉は息を呑んだ。

「五分くらいしか経ってない……？」

あの茶房で過ごした時間は、確実に一時間近くはあったと思うのだが、時計の表示は茶房に着く前に見たときとほぼ変わっていない。

アマヤが『ここでは時の流れが違うんだ』なんだと言っていたが、こういうことか。というか晴哉はだんだん、あそこでの出来事が白昼夢《はくちゅうむ》だった気もしてきた。澪が夢だと思わされていたように、そもそもあれらすべてが夢なのか……と混乱してくる。

「いやでも……あ、そうだ！」

小声で呟き、急いでごそごそとズボンのポケットを漁《あさ》る。

するとあった。

澪から受け取った四つ折りの紙が、しっかりと収められている。

「よかった……夢じゃなかった……」

ホッとしながら紙を開けば、そこに走り書きされていたのは数字の羅列《られつ》。まさかの携帯電話の番号だ。

澪の……で間違いないだろう。

逸《はや》る心臓を抑えながら、晴哉は葛藤《かっとう》の末に、震える指でその番号をスマホに打ち込んだ。プルルッとコール音が鳴る。一コール、二コール、三コール……と虚《むな》しく鳴ったところで、やっと「はい……？」と警戒心を滲《にじ》ませた少女の声が聞こえてきた。

「あの、澪ちゃん？　俺、晴哉だけどわかる？」

「え……嘘、ハルくん⁉　やっぱり夢じゃなかったんだ！」

電話の向こうから、隠せない驚愕が伝わってくる。

「実は学校の図書室で私、うたた寝していたみたいでさ。ハルくんと再会する夢見たなーって起きたら、寝ていたのは五分くらいで。そこから友達と下校して、ついさっき別れたところなんだけど……どうしてもあれが、ただの夢だなんて思えなくて。そうしたらハルくんから電話かかってくるし！」

ねえ、あれはなんなの？

あの茶房ってなに？

夢じゃなくて現実なんだよね？

そう、澪は矢継ぎ早に質問を投げかけてくる。

「そ、それはその」

晴哉としても一から説明したいのは山々だったが、いささか長くなる話だ。じきにバスもやってきてしまう。

澪にちゃんと繋がるのか、どうしても確認したくて電話したのはこちらの方だが、これは後ほどかけ直した方がよさそうである。

その旨を申し訳なくも伝えると、「じゃあ今晩で！」と即座に返答が来た。

「今度は私から電話するから！　この番号にかけ直せばいいのよね？」

「えっ、いいって。電話代かかるし……俺からかけるよ」

「ダメ。かかってくるのを待つよりも、こっちからかける方が私的には心臓の負担が軽いんだもん」

「心臓の負担……？」

晴哉にはよくわからない理屈だった。しかし昔から変なところで頑固《がんこ》な澪は、こうと決めたら梃子《てこ》でも動かない。

「次に電話するときはハルくんからでいいから、今晩は私からね。約束！」

「……うん」

当たり前のように、今後も澪と繋がれる未来があるのが嬉しい。

不思議な茶房の中でなくとも、こうして澪と会話できている事実は、いまさらながら晴哉には感慨深かった。

「あー、でも電話より、また顔見て話したいよね。一緒にお茶できて楽しかったし」

「お、俺も楽しかった」

「新幹線乗っていますぐそっち行こうかなって、わりと本気で考えちゃう」

「そうか……澪ちゃんは東京にいるんだもんな」

「そうそう。そんな私がなんで金沢の茶房にいたのか、きっちりあとで話してよ」

「う、うん。俺も頭の整理しとくよ……あ、バス来た」

二台のバスが晴哉の視界に入る。一台は通常のバス、その後ろから来るもう一台は、豪華絢爛《ごうかけんらん》にラッピングされた周遊バスだ。金沢の周遊バスは外観も内側も和の装飾が凝っていて、観光客にも評価が高い。晴哉の近くで待っていた外国人たちも、バスを見てテンションを上げている。

だがあいにくながら、晴哉が乗るのは通常のバスの方だ。

そろそろ一度、澪との通話を切らなければいけない。

「ごめん、もう切るな。えっと、また夜に?」

「夜にね!」

晴哉は軽やかな気分で電話を終わらせ、やってきたバスに乗り込んだ。それなりに人はいるが、車内は混んでいるというほどでもない。傘が引っかからないように気を付けながら、後ろの窓際の席に座った。

窓の外では見計らったように、ポツポツと小雨が再び降り出す。晴れたのは束の間のことだったらしい。

降ったり止んだりする気分屋の雨は、地元民には慣れっこだ。

「……また誰かが、会いたい人に会いに『あまやどり茶房』に行くのかな」

晴哉の脳内に浮かぶのは、なにかと騒がしい双子に、ゆったりと白髪を揺らして微笑むアマヤの姿だ。

あんころ餅のほどよい甘さと、棒茶の香ばしい匂いもよみがえってくる。

次の雨の日、茶房に顔を出すのが楽しみだ。

そっと口角を緩め、晴哉は背もたれに体を預けて目を瞑《つむ》る。

――走り出したバスは、小さく雨に打たれながら、金沢の街を進んでいった。

# 二章　霧雨《きりさめ》の中で

おじいちゃんへ

今年もたんじょうびプレゼントありがとう。

ぼくは六さいになりました。

おじいちゃんが誕生日にくれたサッカーボール、だいじにつかっています。小学校の友だちとたくさんサッカーしてあそんだよ。カッコいいボールでうらやましいと言われました。おじいちゃんがくれたじまんのボールです。

昨年もらった黄色いシューズもまだはいています。この前はそれをはいて、おかあさんとおとうさんとこうえんに行きました。

けんろくえん？　っていうとこ。

広くてみどりがいっぱいです。雨ふりだったけど、三人でおさんぽをしてとっても楽しかったです。

お店に入ってレンコンのケーキも食べました。お野菜がケーキになっているんだよ、すごい！

おいしかったから、おじいちゃんにも食べてもらいたいな。

今度はいっしょに行けるかな？

けんろくえんでおじいちゃんとあのケーキが食べたいです。

やっとおじいちゃんに会えるの、すごくたのしみなんだよ。どんな顔してるの？

会ったらぼくだってわかるかな。

はやくおじいちゃんに会いたいです。

それまで元気でいてね。

ゆうま

＊

大粒の雨が降りしきる週末。

学校が休みの土曜日の昼下がり。

紺のパーカーを着た晴哉は、慣れた足取りで『ひがし茶屋街』の石畳を進んでいた。

「うん……そろそろか」

そう呟いてひとつ瞬きをすると、スッと辺りから音が消える。賑わっていた人気《ひとけ》も消えて、不気味なほどの静寂が場を包んだ。

『初回』はこの時点でだいぶテンパっていたが、いまは焦る必要はない。晴哉はこれまた慣れた調子で、そのまま歩みを止めず、たどり着いた『あまやどり茶房』の戸を叩いた。

「こんにちは、お邪魔します」

「お！　ハルヤじゃん」

出迎えてくれたのは、いつのまにか晴哉を名で呼ぶようになったエンだ。奥の暖簾の向こうから、元気いっぱいに駆け寄ってくる。

「今日も来たのかよ。ここ最近、毎日のようにハルヤの顔見てんなあ。単純に雨続きなのもあるけどさ」

「あー……まあ、暇だから」

「平日の学校終わりも土日も、どっか遊びにも行かずここに来るなんて、マジで友達いないんだな！」

「うぐっ。べ、別にいいだろ、それは！」

デリカシーゼロのエンに対し、多少なりとも言い返す晴哉の態度はずいぶんと砕けたものだ。

それもそのはず――晴哉がこの茶房に来るのは、初回を入れてこれで四度目だ。

アマヤから出された、『なんらかの貢献をするなら茶房に来てもいい』という条件。それに則《のっと》り、晴哉は貢献という名の掃除をしに、連日の空模様が雨天なのも相俟《あいま》って、そう日をあけず足繁《あししげ》く茶房を訪ねていた。

二度目に行くときは、本当にまた行ってもいいのか、あの条件自体が社交辞令じゃないのか、そもそも次はどうやって行けばいいのか……と、あれこれ散々悩んだものだが。

とりあえず『ひがし茶屋街』に来てみれば、あっさりと茶房に着けてしまった。それはもう、最初に比べると拍子抜けするほどあっさりと。

『ああ、来たのかい。まずはお茶でも飲む？』

『おー。二度目ましてだな、兄ちゃん』

『こ、こんにちは、です』

……などと、茶房側も晴哉の緊張などお構いなしの緩い態度で受け入れてくれた。

そこからは、自然と足が向く日々である。

「まあ、俺らも来てくれるのは助かるけどな。あるじ様がまた散らかしてよ」

「またか……わかったよ、さっそく掃除だな」

「おう、任せたぜ！　ウイもいま二階で作業中だからさ」

エンに続いて市松模様の暖簾をくぐる。その先には簡素な階段があった。

茶房として開放しているのは一階のみで、階段を上った先の二階には、アマヤたちが暮らす生活スペースが広がっている。

三部屋あるうち、エンは一番大きな部屋の障子戸をスパン！　と開け放った。

「あるじ様！　ウイ！　お掃除係が来てくれたぜ！」

部屋の中は、物、物、物。

積み上げられた分厚い古書、子供が遊ぶ用の木造りの玩具《おもちゃ》、ぐちゃぐちゃに交ざり合った衣類の束、転がるアロマポット、イルカの大きなぬいぐるみ、アニメのフィギュア……などなど、挙げたら切りがない。

統一性がなくあまりに雑多なものたちが、部屋を占拠していた。

「晴哉くん？　ここだよ、ここ」

本の塔の陰から、アマヤの耳通りのいい声がする。

晴哉は密林をかき分けてそちらになんとか近付いた。

「お邪魔しています、アマヤさん。今日もすごいですね……」

「ごめんね。うたた寝して起きたらこの有様でさ。また寝ている間に生み出しちゃったみたい」

ものに囲まれて座るアマヤは、白い髪に寝癖をつけたまま、困ったように眉尻を下げた。すぐ傍にはウイもいて、小物類をテキパキと箱に詰めている。

……にわかには信じがたいことだが、ここらにあるものはすべて、アマヤがなにもないところから出現させたのである。

それは彼の持つ『力』のひとつ。

この茶房の中に限り、アマヤは望むものを自由に生み出せるのだ。

二度目に来たとき、晴哉は濡《ぬ》れた制服を拭くためのタオルを、アマヤにポンッと手品のように空中から出されて面食らったものだ。

出せるものの範囲は、アマヤ自身の知識にあるものは当然、茶房に来店した『お客の記憶』に基《もと》づくものも可能で、いまこの部屋にあるものは後者に当たる。彼は寝ていると無意識に力を働かせてしまうのだという。

それを片付けるのが晴哉の仕事だ。

「じゃあこの辺りから、順番に仕分けしていきますね」

「うん、よろしく」

アマヤの生み出すものは、一定の時間をおくと自然消滅する仕組みだが、消える前に新たに出してしまうからこんな密林と化す。ついでにアマヤ自身は片付けが苦手なようで、いまも人任せで適当な本を取ってめくっていた。

出会った当初はその完成された容姿に見惚《みと》れたものだが、いまや晴哉の中では、アマヤは『綺麗な人』から『綺麗だけどだらしない残念な人』という認識になっている。いや――十中八九『人』ではないのだろうけれど。

アマヤの正体について、晴哉はいまのところ本人に尋ねたことはない。もちろん、ウイやエンのことも。

それはなんとなく、茶房に通う際の暗黙のルールな気がした。

「もう、エンってば！　エンも見てないで手伝って！」

「えー、あるじ様もサボってんだから俺もサボりたい」

「あるじ様はいいの！　エンはダメ！」

エンにだけ強気なウイは、ぷうっと丸い頬を膨らませて怒っている。それでも障子戸の前から動かないエンに、本を閉じたアマヤがわざとらしく口を挟む。

「それじゃあ、掃除をしてくれたウイと晴哉くんにだけ、あとで美味しいお菓子を振る舞おうか。本日は濃厚な抹茶《まっちゃ》のタルトにしようかな。みんなで一服といこう。エンは抜きで」

「ちょ、ちょっと待ってくれよ、あるじ様！　やる、俺もやるから！」

そこでやっと動き始めるエンに、晴哉は苦笑する。

茶房のお客に提供する『お菓子』に関しても、アマヤが力で生み出したものだが、その美味しさは折り紙つきだ。エンとウイも大好物だというのだから、仲間外れにされかけたエンが焦るのも頷ける。

「というか、俺もまた頂いていいんですか？　来る度に食べさせてもらって、こんな掃除じゃつり合いが取れないような……」

「いいよ、別に。どうせまた、今日もお客は来ないしね」

「そ、そうですか」

晴哉が初めて来た日から、お客はいまのところゼロ。

この茶房には『本当に心から会いたい人がいる人』しか来られず、冷やかし半分ではけっしてたどり着けないのだと、アマヤは説明した。

「なんだったら、晴哉くんも見つけてきてよ、『会いたい人がいる人』。その人の想いが確かなら、うちの茶房の存在を教えればきっと来るから」

「……はあ」

「じゃあ、私は漫画でも読んでいるね。お掃除がんばって」

そう言って次は漫画のタワーに手を伸ばすアマヤに、晴哉は「いや、やっぱりアマヤさんは手伝わないのかよ！」というツッコミは呑み込んだ。やはり残念な人だ。

「うし……やるか」

外から聞こえる雨音を耳に、晴哉は気合いを入れ直して作業へと取り掛かった。

＊

「うわ、晴れたのか」

バスを降りたところで、晴哉は太陽の光に目を細めた。

学校を出て、この『ひがし茶屋街』行きのバスに乗ったときは、確かに小雨が降っていたのに。車内でぼんやり揺られているうちに、すっかり晴れ上がっていたらしい。

周囲からは「雨が止んでよかったね」という声が聞こえてくるが、晴哉の感想はまったくの逆だった。

なんで止んでしまったんだ、雨。

これでは『あまやどり茶房』に行けないじゃないか。

「……仕方ないか」

はあ、とため息をつく。

せっかくここまで来たが今日は諦めるしかない。それによく考えたら、ほんの二日前に、茶房で掃除をしてアマヤお手製の抹茶タルトを食べたばかりだ。エンの言うように通いすぎかもしれない。

久方ぶりの晴天は、晴哉に『茶房に行くのは自重しろ』と告げているようだった。

「帰るか？　でもな……あ」

このまま引き返すのはいくらなんでも味気ない。次の行動に悩んでいたら、ちょうどそこへ空いている周遊バスが来た。

ほぼ衝動的に、晴哉はそちらに飛び乗ってしまう。

そしてなんとなく降りた先は、金沢一の名所である『兼六園《けんろくえん》』だ。

日本三名園に入る『兼六園』は、『ひがし茶屋街』からほど近い距離にある。

意外と地元民の方が行った記憶が薄いもので、晴哉も幼稚園の頃以来だ。家族で秋に色づく見事な紅葉を見た。それは忙しい両親と家族そろって出掛けた数少ない記憶でもある。

晴哉は懐かしさに駆られるまま、『次は兼六園です』という車内アナウンスに背を押され、ついここで降りてしまったのだ。

「たまにはいいか……どこを回ろうかな」

兼六園内に足を踏み入れて、うーんと悩む。

広い園内をすべて回りきるのは不可能なので、晴哉はひとまず記憶にある場所を目指すことにした。

人の声はあちこちから聞こえるものの、多種多様な植物が植えられている園内には、自然が持つ独特の静けさが漂《ただよ》っている。澄んだ空気は気持ちいい。元来、山で遊ぶのが好きだった晴哉には、学校の教室よりもよほど息がしやすかった。

軽やかな気分で園内を散策して、目的地である『瓢池《ひさごいけ》』を前に感嘆の声をあげる。

「うわっ、変わってないなあ」

園内で最も古い時代に作られたとされる『瓢池』は、池の形がくびれて瓢箪《ひょうたん》のように見えることからつけられた名だ。池の周りを歩くと景観がくるくると変わるので、小さい晴哉も目を輝かせていた覚えがある。

しかし、思い出に浸《ひた》っていたところに水を差すように、晴哉の足元に紙ペラが一枚、ヒラリとどこからか落ちてきた。

「なんだ、これ……？」

拾い上げて確認する。

それは誰かに宛《あ》てた手紙だった。

爽《さわ》やかな水色の便箋《びんせん》には、かろうじて読めるヘタクソな字が踊っている。書いたのはまだ幼い子供だろう。冒頭に『おじいちゃんへ』とあるので、孫から祖父へ送られたものだと推測できる。

ふとそこで顔を上げると、池に沿うように置かれたベンチの周りを、うろうろとさ迷う老人の姿が見えた。

もしかして……と、晴哉は探るように近付く。

「あの、すみません」

「ん？　わしかい……ああ！　それは！」

老人は晴哉の持つ手紙に目を留めると、一気に喜色《きしょく》を顔に浮かべる。晴哉の予想通り、この老人が手紙の持ち主で間違いないようだ。

渡してやれば、深く深く頭を下げられる。

「このベンチで読んどったら、風に飛ばされてしまってん。池に落ちたら大変なとこやった。あんやと、あんやと」

『あんやと』は金沢弁で『ありがとう』の意だ。

老人は曲がった腰に枯れ木のような細い手足ながら、瞳は強く、理知的な印象の男性だった。カーキのジャンパーを着こんでいて、見た目は七十代半ばかそこら。その年齢にそぐわないしっかりした眼差しと、方言を交えた柔らかな話し方は、どこかかさねを彷彿《ほうふつ》させる。

普段ならこのまま立ち去るところだが、晴哉はかさねを想い、気付けば「お孫さんからの手紙ですか?」と話しかけていた。

「ほうや。会えない孫からの、だいじなだいじな手紙や」

『会えない』とはどういう意味なのか。

なにやらわけありな様子だ。

老人は晴哉を窺うように見上げていて、詳しく話を聞いて欲しそうである。誰でもいいから語りたいのかもしれない。

基本的におばあちゃん子な晴哉は、ご年配の方の訴えには弱かった。これといった予定もないので、成り行きで湿ったベンチに並んで座る。

老人の名は田畑《たはた》さん。家は能登《のと》の方で一人暮らし。能登は金沢から車で一時間半ほどかかる、石川県の北部にあたる地方だ。今日は雇っているお手伝いさんの運転でここまで来たらしい。わりと頻繁に来るそうだ。そのお手伝いさんは所用でいまは席を外していて、ひとりで休憩しているところだった、と。

また兼六園には、繰り返し訪れたい理由があるのだとか。

「地元なんにこの歳になってから初めて来てな。孫の手紙に書かれとったんや。ここで美味しい野菜のケーキを食べたから、わしにも食べさせたいって……その店は何度か探してんけど見つからん。もう無いんかもしれんなあ」

「さっき言っていた、その、お孫さんに会えないってのは……？」

「まんまの意味やよ」

田畑が憂《うれ》うように瞼を伏せる。

「こう見えてわしは昔、それなりに大きな会社を経営しとって。その頃は体面ばかり気にしとった。一人娘が連れてきた結婚相手にも、難癖つけて反対して……堪《た》えかねたんやろうなあ。娘は勝手に家を出てほぼ絶縁状態になってしまってん。数年前に亡くなったわしの妻とは、娘は仲良かったんやけどな。娘が結婚して子供ができたあとも、わしと娘の仲は良くはならんかって……」

直接的に言葉にはしないが、つまり田畑は孫に『会えない』というより、娘によって『会わせてもらえない』のだ。

肩を落とした田畑は「自業自得やけどな。いまは後悔しとる」と自嘲する。

「やけど、孫の誕生日にプレゼントを贈ったり、手紙のやり取りをしたりして、ちょっこしずつ距離を縮めてな。ようやく会えることになってん」

「よ、よかったじゃないですか！」

「でも……それもダメになってしまってな」

「そんな……」

そこはあまり触れたくないのか、田畑はいったん言葉を切った。晴哉もあえて言及しようとはしない。

池の水面に映る田畑の姿は、ひどくしょぼくれてちっぽけだ。

「孫とは結局、一度も顔は合わせとらん。写真は見たが元気そうな男の子やった。サッカーが好きで、ボールを贈ったら手紙でお礼が書かれとったわ。靴も贈ったんやけど大事にしとるって……履いとるとこ、会って見られたらなあ」

切ない響きを帯びたささやかな願いに、晴哉はぐっと拳を握る。

彼はすっかり田畑に感情移入してしまっていた。だってこんなに『孫に会いたい』と願っているのだ。チラッと見えただけだが、手紙でお孫さんも田畑に会いたそうだった。どうしても自分とかさねが被る。

脳裏に過《よぎ》るのは、アマヤのこぼした言葉だ。

――晴哉くんも見つけてきてよ、『会いたい人がいる人』。その人の想いが確かなら、うちの茶房の存在を教えればきっと来るから。

こういう人こそ、茶房の客になり得るのではないだろうか。

「田畑さん……あの、『あまやどり茶房』って知っていますか？」

「あまやどり茶房？　なんやいいね、それ」

晴哉は概要をかいつまんで伝える。馬鹿馬鹿しいと一蹴されやしないかと心配したが、田畑は真剣な顔で聞いてくれた。

「へえ、ほんな茶房が本当にあるんなら、行ってみたいもんやな」

「ぜ、ぜひ行ってみてください！　お孫さんに会えるかもしれませんし……！」

「次の雨の日にでも、お手伝いさんに頼んでみるわ。教えてくれてあんやとねえ、晴哉くん。晴哉くんはええ子や。優しい目をしとる」

「そうですかね……？」

晴哉は自分の目元に触れる。この鋭い目つきで苦労したことはあれど、優しいなんて評されたのは初めてだ。

慣れない褒め言葉に晴哉が戸惑っている間、田畑はジャンパーのポケットに仕舞った手紙に触れながら、じっと虚空《こくう》を見つめていた。その瞳の奥に潜む感情には、あいにくと晴哉は気付かなかった。

「田畑さん！　こちらにいらしたんですか！　あら、お隣の男の子はお知り合い？」

折り畳み傘を携えた四十代くらいの女性が、こちらに向かって走ってくる。

きっと田畑が雇っているお手伝いさんだろう。ふくよかな体形でいかにも世話焼きな印象だ。

お手伝いの女性は最初、人相の悪い晴哉に警戒心をチラつかせていたが、田畑が「風で飛ばされた手紙を拾ってくれてん」と晴哉を紹介すれば、すぐに警戒を緩めてくれた。

「あらあら。ごめんなさいね、迷惑かけて。だから、そんな大事な手紙を家から持ち出さない方がいいって、何度も言っているじゃないですか」

「ここで読みたいんや。いじっかしいこと言うなって」

「いじっかしいってなんですか！　もう！」

『いじっかしい』は金沢弁で『うっとうしい』という意味で、そんなやり取りができる田畑と女性は、気安い仲なのだとわかる。

よっこいしょと田畑は立ち上がると、晴哉に向かって笑いかけた。

「そんじゃあねえ、晴哉くん。また会えるとええね」

「……はい」

ゆっくりと歩き出す田畑を、女性は慌てて追いかける。取り残された晴哉は、小さくなる彼らの背をしばらく目で追っていた。

＊

「ずっとそわそわしているね、晴哉くん。気になることでもあるのかい？」

「へっ？」

マグカップを手にチラチラと出入口の方を見ていたら、アマヤに指摘されて、晴哉はビクリと肩を震わせた。

学校帰りに『あまやどり茶房』を訪れた晴哉は、ただいま掃除を終わらせて休憩中。一階の客席を借りて、アマヤと向かい合わせに座っているところだ。

「コーヒーも一口も飲んでいないし。やっぱりブラックは苦手だったみたいだね」

アマヤは空色の瞳を細めて、マグカップの黒い水面を見据えている。「別にそんなことは……」と晴哉は首を横に振ろうとしたが、すぐさま「強がらなくていいよ」とアマヤに一刀両断されてしまう。

「ミルクとお砂糖、いらないって言ったけど本当は必要なんだね。どっちが欲しい？」

「けっこうで……」

「このまま飲んでもらえない方が悲しいな」

「う……どっちもいります。すみません」

「はい、どうぞ」

折れて素直に頼めば、アマヤは空中からミルクと砂糖を生み出してくれる。

ブラックコーヒーが飲めないなんて、いかにもガキくさくて言い出せなかったが、アマヤにはとうにお見通しだったみたいだ。

それだけでなく、晴哉の気になることについても。

「それで、晴哉くんがそわそわしている原因はずばり、君が茶房を紹介したご老人のことだね？」

甘くなったコーヒーに口をつけながら、晴哉はコクリと頷く。

思い出すのは六日前、兼六園で出会った田畑の存在だ。あの日から晴天続きで、やっと雨が降った昨日と今日、晴哉はようやくこの茶房に来られた。

昨日は客の訪れはなかったが、今日こそ田畑が来店するかもしれない。そう思うと、晴哉はずっと落ち着かなかった。

おまけに空模様は霧雨であり、細かな雨がベールのように金沢の街を包んでいる。

雰囲気的にも『なにか』が起きそうな天気なのである。あくまで雰囲気だが、晴哉の直感は、田畑はきっと来ると告げていた。

「でもアマヤさん、俺が話した内容をちゃんと聞いてくれていたんですね。半分寝ていたのに……」

「うん？　もちろんちゃんと聞いていたよ」

田畑のことは、昨日の時点でアマヤには伝え済みだ。どんな反応が来るかと思っていたが、人の掃除中に低反発枕に頭を預けて寝ていたアマヤは、むにゃむにゃと曖昧な返事しかしなかった。

だからアマヤとはそれきり、田畑について掘り下げた話はしなかったのだが……よく考えたら、この茶房にはアマヤが許可をした人間しか来られないのだ。

もうとっくにアマヤには、田畑が来るかどうかわかっているのではないだろうか。

晴哉の疑問を察したのか、アマヤは意味深な微笑みを浮かべる。

「大丈夫、『彼』は来るよ。そのためにエンとウイを案内に行かせたからね」

「はっ!?　あのふたりがいないのってそういう……？」

今日は双子の姿が見えず、出掛けていると聞いていたが、予想外の理由に晴哉は驚く。そういえば晴哉が初めて来たときも、エンとウイが茶房の中に案内してくれた。

いやでも、その前に茶房の場所まで導いてくれたのは二匹のツバメで……。

「……まさかな」

そう晴哉が独り言《ご》ちたとき、出入口の戸の向こうがにわかに騒がしくなった。

長い白髪と藍色の羽織を靡《なび》かせて、アマヤがスッと立ち上がる。

「──さて、お客様のご来店だ」

ガラリと開いた戸から現れたのは、そっくりな顔を並べたエンとウイ。

そして彼らに挟まれて立つ田畑だった。

「田畑さん！」

「おや、晴哉くんけ……？」

田畑は晴哉の姿を視界に捉えると、パチパチと瞬きを繰り返す。

年相応に老いた体つきながらも、意思がはっきりと宿る瞳は、間違いなく兼六園で遭遇した彼だ。

「いやなあ、晴哉くんの話を聞いてから、どうしてもこの茶房に行ってみたくて。手伝いの鈴木《すずき》さんに頼んで連れてきてもらってん。やけど『ひがし茶屋街』に着いて歩いとったら、鈴木さんとはぐれてしもうて……途中、二羽のツバメが飛んできてな。その子らが『ついてきまっし！』って言うとるみたいやったから、ついてったら、この可愛らしい男の子と女の子が店前《たなさき》で待っとってくれてん」

「ちゃんと役目は果たしたぜ！」

「に、任務は完了、です」

エンは自慢げに、ウイは控えめにそうアマヤに告げると、店の奥へと小走りで消えていく。本日の双子はなにやら忙しそうだ。

「……今回は晴哉くんと澪さんのときより、少々『力』を使う案件でね。あの子たちにもたくさん働いてもらっているんだよ」

「力を使う案件……？」

アマヤは晴哉に耳打ちするだけして、特に説明もせずさっさと田畑の元へ歩み寄る。

晴哉は首を傾げつつも、ここは余計な口出しはせず、アマヤの動向を見守ることにした。

田畑を前に、アマヤは綺麗な所作で一礼する。

「ようこそ、『あまやどり茶房』へ。晴哉くんから聞いていると思うけど、ここは雨の日だけ、会いたい人に会える茶房。貴方の望みはここで叶えてあげるよ」

「……本当の話なんやな。孫に会わしてもらえるんけ？」

「ええ。貴方が心から望むなら」

すんなり「ほんなら頼むわ」と頷いた田畑を、アマヤは「どうぞそちらに座ってください」と誘導する。示したのは、先ほどまでアマヤが座っていた席で、つまり晴哉の正面の席だ。

慌てて飲みかけのカップを持って退こうとする晴哉を、田畑は柔らかく押し留める。

「ええよ、そのまま座っとりまっし」

「でも、俺がいたら邪魔になるんじゃ……」

「孫が来るまで話し相手になってくれんけ？」

初回の晴哉に比べれば、田畑は年の功かずいぶんと落ち着き払った態度だが、いざ孫と会うとなれば不安なのかもしれない。晴哉と話して気を紛らわせたいようだ。そういうことならと、晴哉は椅子に座り直す。

「じゃあ、私はお茶セットを用意してくるから。しばしお待ちを」

アマヤも双子と同じく、暖簾の向こうへと去っていく。

実のところ、『お茶セット』はこの場で瞬時に出現させられるわけだが、客を驚かせないためと、ゆっくり心を静められる時間を作るため、アマヤはあえて一度奥へ引っ込むようにしているらしい。

人間の常識をいろいろと超えた店だが、お客への気遣いは端々で感じられると晴哉は思う。

「晴哉くんは、この茶房によく来るんけ？」

「ああ、はい。いまは半分バイト？　に近い感じで、店の掃除とかしているんですけど、俺も最初は客として『会いたい人』に会わせてもらったんです。わけあって離れた幼馴染みの女の子で……」

「へえ、女の子かあ。青春やじ」

なにか誤解している田畑に、晴哉は「そ、そんなんじゃないですから！」とみっともなく狼狽《ろうばい》する。

「なんや、照れんでもいいやんけ」

「照れとかじゃなくて……！」

「可愛い子け？」

「ま、まあ、澪ちゃんは可愛いけど……」

「晴哉くんのお嫁さん候補やじ」

「だから違いますって！」

以前からかってきたエンといい、そっち方面のネタは慣れていないので勘弁して欲しい。

以前早々に白旗を振る晴哉に対し、田畑は穏やかに笑っている。

「孫の嫁さんも、贅沢《ぜいたく》やけど見たかったなあ」

「……お孫さん、まだ小さいんですよね？　気が早いですよ。それに、その、これから見られるかもしれませんし」

自分と澪のように、ここでの出来事が起点となって、茶房を出たあとでも会える機会があるかもしれない。田畑は歳のわりにまだまだ元気そうだし、晴哉としては希望を持って欲しかった。

「やっぱし、晴哉くんは優しいなあ」

ふるりと睫毛を震わせ、田畑は眩しそうに目を細めた。そして会話が途切れたところで、タイミングよくアマヤがお盆を手に戻ってくる。

「お待たせしたね。本日のお茶セットは温かい玄米茶と、『加賀レンコンのパウンドケーキ』だよ。どうぞご賞味あれ」

テーブルに配置される、湯呑みと水色の丸皿。皿に載るのは、ホイップクリームで飾られた、こんがりキツネ色に焼けたパウンドケーキだ。

晴哉は純粋に「美味しそうだな」と感想を抱いただけだが、田畑はびっくりした様子でケーキを凝視している。

「これは偶然なんけ……？　孫の手紙に書いてあった、わしと一緒に食べたい言うてた菓子も、野菜の、ちょうどレンコンのケーキなんや」

そういえば兼六園のベンチで、田畑はそんなことをチラリと話していたかもしれない。

ここで出される『お茶セット』はときに、『お客の記憶』に基づく一品であったりする。このパウンドケーキは偶然などではなく、アマヤによる必然だろう。

いま思うと、晴哉が食べたあのあんころ餅も、客である晴哉の過去の記憶から生まれたものに違いない……と晴哉自身は考えている。アマヤに尋ねて明確な答えをもらったわけではないが。

だってあのあんころ餅は、かさねの作るものにとてもよく似ていたから。

「ちなみに晴哉くんの分もあるよ」

「え、いいんですか？」

先ほどまでお盆には一人分しかなかったはずだが、田畑の目を盗んで指先ひとつで生み出したのか、アマヤは同じ丸皿を晴哉の前にも並べてくれた。コーヒーがあるのでお茶はなしだ。

正直、レンコンのパウンドケーキは非常に気になっていたので、晴哉は遠慮がちながらもまずは一口頂く。

「あ、これ食感がいいですね……！　味もシンプルなのに旨い。加賀レンコン、でしたっけ？」

「そう、地元食材だね」

『加賀レンコン』は金沢で作られる伝統野菜のひとつであり、粘り気が強く肉厚なのが特徴だ。歴史も古く、昔から様々な料理で生かされている。

これは加賀レンコンを細かく刻んだものを、パウンドケーキの生地に混ぜてあるようで、しっとりした生地と小気味のいいレンコンの食感が絶妙に噛み合っていて、晴哉はなかなか食べる手が止まらなかった。お茶にもコーヒーにも問題なく合う一品だ。

しかしふと、目の前の田畑がフォークにすら手を伸ばしていないことに気付く。

「田畑さん、食べないんですか？」

「孫を待っとるげん。わしと一緒に食べたいって、手紙にあったからな」

孫を慈しむ表情は、やはり晴哉の中でかさねと重なる。口の中でレンコンの食感を確かめながらも、晴哉は胸が詰まる想いだった。

「ん、来たかな」

アマヤが戸に空色の眼差しを走らせる。

田畑よりも先に、晴哉の方が気が急いてガタッと立ち上がってしまった。

しかし、戸が開いた先にいたのはエンとウイだけで、他には誰もいない。

「あれ……田畑さんのお孫さんは？　というかエンたちって、いつもどっから外に出ているんだ……？」

晴哉の知る限りでは、この茶房に裏口などはなかった。出入りができるのは正面の戸だけ。晴哉の初回来店時もそうだったが、店の奥に引っ込んだはずの双子はいったいどこから外出しているのか。

「んー？　どこって、二階の窓から？」

「はあ⁉　窓⁉」

「まあまあ、いいじゃんかそこは！　それよりさ、じいさんの『会いたい相手』はちゃんと連れてきたぜ。そこにいるよ、ほら」

晴哉の疑問はサラッと流して、エンはウイの後ろを指差した。ウイの背に隠れて見えなかっただけのようで、黄色いシューズのつま先がおずおずと顔を覗かせている。

「こ、怖くないですよ！　君も会いたがっていたおじいさんがいますから」

子供相手にも敬語なウイが、そっと体をずらす。

現れたその男の子は、エンやウイより幼く、まだ小学校に上がりたてくらいだろう。短く切りそろえた髪に、ほどよく日焼けした肌。季節的にはいささか早い、真夏仕様のタンクトップを着てハーフパンツを穿いている。

快活そうな印象だが人見知りのきらいがあるようで、どんぐり形の目は不安そうに揺れていた。

「佑真《ゆうま》……？　佑真なんけ？」

「おじいちゃん……？」

孫は佑真という名前らしい。

田畑が衝撃のあまりか覚束《おぼつか》ない足取りで、ゆっくりと佑真に近付いていく。そこで動いたのは佑真の方で、タッと駆け出して田畑の腰に抱き着いた。

「おじいちゃん！　ぼく、ゆうまだよ！　わかる？　ゆうま！」

「あ、ああ……もちろんわかる。わしの、わしの孫の佑真だ」

「うん！　おじいちゃんの孫のゆうま！　あのね、おじいちゃん、ぼくね」


ずっと会いたかった！


そう、おひさまのような笑顔で孫に言われ、田畑はグッと喉を鳴らした。おそるおそる小さな頭を撫でる皺深い手は、小刻みに震えている。

そして田畑は涙を滲ませた声でこう返した。

わしもずっと会いたかった――と。

無事に孫との対面を果たしたあと。

現在、田畑と佑真は茶房の席に共に座り、ふたりで仲良く『加賀レンコンのパウンドケーキ』を食べている。

佑真には玄米茶ではなく、お子様用のマグカップでミルクが出され、フォークもちゃんとプラスチックのものだ。「美味しい、美味しい」とケーキを食べながらも、佑真はひたすら田畑に喋りかけている。

「それでね、学校の友だちとサッカーをしていたら転んじゃって。足をすりむいて泥だらけで帰ったらね、お母さんにいっぱい怒られたんだ。ケガも気を付けなさいって。ぼくはいつもサッカーでケガをするから、あのくらい平気なのに」

「佑真のことが心配ねんろ。ケガは痛くなかったんけ？」

「うん！『めいよのふしょう』だってお父さんは言ってた！」

「難しい言葉を知っとるなあ。佑真はかたい子やねえ」

「固い子？　ぼく、石みたい？」

「ちがう、ちがう。『かたい子』ってのは方言や。金沢の人が使う表現で、『お利口《りこう》さん』って意味や」

「ぼく、かたい子！　お利口さん！」

茶房内には明るい声が満ちている。

それを晴哉は、すっかり冷めた甘いコーヒーをすすりながら聞いていた。晴哉の座っていた席は佑真に譲ったので、レジ台に近い別の席に移動済みだ。

双子は疲れたとかで二階で休憩中。アマヤは晴哉の傍に立って、晴哉と一緒に微笑ましい光景を見守っている。

「……田畑さん、すごく嬉しそうだ。佑真くんも楽しそうだし。田畑さんの望みを叶えてくれて、ありがとうございます、アマヤさん」

「なんで君がお礼を言うんだい、晴哉くん」

アマヤにちょっぴり笑われて、晴哉は照れ隠しに長めの前髪に触れる。

田畑にこの茶房を紹介したのは自分のため、晴哉は今回の件について言うなれば責任のようなものも感じていたのだ。それこそ他人事ではないほど気にかけていた。

田畑が孫に会えてよかったと思う、心から。

「君は感受性が強いんだね。他者の気持ちに己の心を大きく傾けられる。本当によく似ているよ」

「似ているって……誰にですか？」

アマヤは「さあ、誰だろうね」と飄々《ひょうひょう》と躱《かわ》す。

「ただ傾けすぎると、ときに辛いこともあるだろう。そういうときは背負いすぎてはいけないよ。人にはね、どうにもできないこともあるんだ」

「……すみません、あの俺、さっきからアマヤさんの言っている意味がイマイチわからないんですけど」

「いまはそれでいいよ。ただ、そうだね。優しい晴哉くんがそんな辛いときに、支えてくれるような友でもできればいいと、私は願うね」

「ぼっちネタでいじらないでください……」

いや、エンと違ってアマヤはきっと、晴哉のことを純粋に案じているのだろうが。

暫定《ざんてい》、友達と呼べる存在は濘しかいないため、晴哉だって本音を明かすなら、学校で会える男友達のひとりやふたり欲しかった。

がんばってと気軽にエールを送ってくるアマヤに、晴哉は力なく返事をする。

「あと、あとね！　そのときお母さんが……」

「ほれは大変やったじ」

凹《へこ》む晴哉の耳に、田畑と佑真の弾けた笑い声が入り込む。だがそこで、アマヤが手に持つお盆の上に、こっそりとなにかを生み出した。

ツバメが花の中を飛ぶデザインの、九谷焼の湯呑みが二対。

淹《い》れられているのはおそらく加賀棒茶。

これは茶房の時間の終わりを告げる、〆の一杯だ。

「えっ、も、もう、終わりなんですか？」

自分と澪のときより早い気がする。

まだもう少し田畑たちをいさせてあげても……と、晴哉は無意識に目線で訴えるが、眉尻を下げたアマヤに首を横に振られてしまう。

「残念だけど……今回は先に伝えた通り、かなりの力を使う案件なんだ。私だってまだいさせてあげたいのが本音さ。でも、これが限界なんだよ」

「そう、ですか……」

ここで駄々をこねるほど、晴哉だってお子様ではない。

アマヤが湯呑みを運ぶ後ろ姿を、晴哉は黙《もく》して見送る。ただ田畑たちの反応は気になるため、あちらの席が見やすいように、さりげなく椅子をずらした。

アマヤから終わりを告げられても、田畑はうろたえたりなどはしなかった。

「……ほうか、楽しいときはあっという間やな。佑真、そろそろな、じいちゃんとはお別れみたいや」

「じいちゃん、お別れ？　バイバイするの？　……また、会える？」

佑真の問いかけに、田畑は瞳を大きく揺らしたものの、すぐに「ほうやな」と頷いた。

「そう遠くないうちにきっと会えるから、お母さんたちと待っとりまっし。今度はわしから、佑真に会いに行くわ」

「本当⁉　約束だからね！」

「ああ、約束や」

そう言って祖父と孫は『ゆびきりげんまん』をし、そろって湯呑みを傾けた。佑真の小さな手には少々持ちづらそうだったが、〆の一杯はあの湯呑みと決まっているらしく、たどたどしく飲んでいた。

そして瞬きの合間に、佑真の姿が消える。

晴哉も経験したことだからわかるが、なぜかこの瞬間、お客側はその突飛《とっぴ》な現象に驚かない。ただただ凪《な》いだ気持ちで受け入れる。

田畑も同じで、彼は静かに「ほう」と息をついた。

「ああ、ええ時間やった。あんやとな、孫と過ごさせてくれて」

「ここはそういう茶房だから。雨宿りついでに、会いたい人に会えるんだ。美味しいお茶とお菓子もついてね」

「ええ茶房やな」

「そうでしょう」

そんな軽口をアマヤと交わしたあと、田畑は腰を上げて出入口の方に進んだ。戸を開けた先では、いまだ細かい霧雨が降っていたが、晴哉が来たときよりはずいぶんと和らいでいる。いまのうちに帰るのが得策だろう。

だが田畑は外に出る一歩手前で、ふと思い出したように振り返った。来い来いと、晴哉に手招きをする。

「田畑さん……？」

慌てて走り寄った晴哉の右手を、田畑は両手で取ってやんわり包み込む。

「おまえさんのおかげや、晴哉くん。おまえさんがこの茶房を紹介してくれたから、わしは孫に会えてん。感謝してもしきれんわ」

「い、いや、俺は別に……っ！」

晴哉自身はなにもしていない。ただ本当に紹介しただけだ。

それなのに田畑は、包んだ手に額をこすりつけるようにして、真摯《しんし》に頭《こうべ》を垂れている。どのくらいそうしていただろう。

やがて彼は小声で一言呟くと、糸をほどくように晴哉の手をスルリと離した。

「いまのって、どういう……」

「たいしたことない独り言や」

引っ掛かりを覚える晴哉を置いて、田畑は「そんじゃあねえ、晴哉くん」と笑って、茶房を出て霧雨の中に姿をくらましてしまった。

呆けたまま立ちすくむ晴哉の背を、ポンとアマヤが叩く。

「アマヤさん……」

「そろそろ晴哉くんも帰らないといけないよ。今日のところはお開きにしよう」

「……はい」

アマヤに聞きたいことはあったが、晴哉の口からはなにも言葉が出なかった。

その日は茶房から家に帰って、夕飯を食べて風呂に入って寝ても、田畑が最後に呟いた言葉が晴哉の脳内にしつこく住み着いていた。

＊

田畑の来店から丸々一週間。その間に雨が降ろうと、晴哉は茶房には行かなかった。

いや、正確には行けなかった。

理由は単純。

学校で放課後に補習を食らったからだ。

不良に見られている晴哉の成績は、周囲の認識と違い基本的に優秀なのだが、英語だけはどうにもからっきしだ。自分は一生、日本から出られないのだと覚悟するくらいに。

課題もてんこもりに出されたため、土日もそれに追われて、茶房に顔を出す余裕がなかったのである。

気付けば暦は変わり、風薫《かぜかお》る五月になっていた。

「あー、終わった終わった」

「ラスト一日だからって早めに切り上げるとか、岡センもいいとこあんじゃん。ようやく自由だ、遊ぶぞー!」

「なあなあ、せっかくだし、このメンツでカラオケいかね?」

辛く苦しかった補習もフィナーレ。

岡センこと英語担当の岡先生の計らいにより、今日の補習はだいぶ早く終わった。空き教室に集められた数名の生徒たちは、解放感から一気に騒ぎ出す。どうやら補習メンバーでカラオケに繰り出すらしい。

そんな彼等の声をBGMに、晴哉はさっさと帰り支度を済ませて教室を出ようとする。こういうとき、晴哉には決まって声はかからない……と、思っていたのだが。

「あ、なあ! お前、陽元だよな。同じクラスの。お前もカラオケ行く?」

「え……」

まさかのお誘いに、晴哉は足を止めた。

誘ってきた相手をまじまじと見つめる。

補習は他クラスの者も合同なので、知らぬ顔の方が多かったが、『彼』のことは知っていた。

山口昭己。クラスメイトで、いつも明るい人気者。この寄せ集めの補習メンバーとも速攻で仲良くなったコミュ力モンスター。クラスで女子が『あまやどり茶房』の話をしていたとき、山口が割って入っていった場面を晴哉はまだ覚えている。

山口は気安く「なあ、どうすんだよ」と、晴哉に返事を促してくる。

「あ、ああ、ええっと……てか、いいのか？　俺が行っても」

補習メンバーが「え、アイツも来るの⁉」と、山口の後ろから恐々《こわごわ》と晴哉を窺っていることくらいは、晴哉自身も気付いている。

山口は不良な晴哉（ひどい誤解だが）が怖くないのだろうか。

「え、いいに決まってんじゃん。俺さ、前から陽元と話してみたかったんだよな。お前って周りからいろいろ言われてっけど、授業は真面目に受けてるし、日直とか委員会の仕事もサボらないし。前に他の奴が忘れていた教室の花瓶の水換え、代わりにやってただろ？　実はけっこうイイ奴なんだろうなって」

ニカッと、屈託なく八重歯を見せる山口。

花瓶の水換えはおそらくつい最近の話で、本来は日直の者が朝のうちにやる仕事なのだが、放課後まで誰もやった形跡がなかったため、晴哉がこっそり換えておいたのだ。植物好きとして、そこは見過ごせなかった。

それを山口に目撃されていたとは。

人を見た目で判断せず、裏表なく相手を「イイ奴そう」と言える山口の方が、きっと『イイ奴』なのだろう。

「で、返事は？　行くなら早く行こうぜ」

「そうだな……」

このまま誘いに乗って、山口たちとカラオケに行きたい気持ちは晴哉にもあった。これぞまさしく友達を作る最大のチャンスかもしれない。アマヤにも心配されているので、ぼっち脱却は晴哉にとっても念願だ。

しかし……今日の晴哉はこのあと、どうしても『とある場所』に寄らなければいけなかった。

「……悪い、今日は無理なんだ」

「そっか、それじゃあ仕方ないな」

断腸《だんちょう》の想いで断れば、山口はあっさりと退く。だが彼は「また誘うな。今度は一緒に行こうな」と付け足してくれた。

「お、おう」

「またな！」

晴哉はじーんと感動しつつ、なんとか平静を装いながらも、浮ついた気分で教室をあとにしたのだった。


学校を出て晴哉が向かったのは、いつかと同じ兼六園だ。

空は曇天。重苦しい灰色の雲が立ち込めているが、教室での山口とのやり取りのおかげで、園内を歩く晴哉の足取りは軽い。

いずれ降るだろう雨の気配を感じつつも、風雅な茶室を横目に目的地を目指す。茶室の名は『夕顔亭《ゆうがおてい》』といい、名の由来は壁に施された見事な夕顔の透彫《すかしぼ》りからだ。由来も含めて美しいその建築物は、余裕があるときならじっくり見たいものだが、いまは別に優先すべき事項がある。

「いるといいんだけど……」

晴哉がここに来た目的は、いま一度、田畑に会いたかったからだ。

やはり去り際の田畑のことが忘れられず、また会って直接確かめたかった。英語の補習を受けている最中でも、そのことを延々と考えていたのだ。

会えるかどうかは賭けだったが、兼六園にはお手伝いさんによく連れてきてもらっていると言っていたし、時間帯も以前とほぼ同じだ。会える可能性はゼロではない。

そして田畑がいるとしたら、あの瓢池のところにあるベンチだろう。

そのベンチが近付くにつれ、なぜか晴哉の鼓動がうるさくなっていった。上々だった気分から一転、妙な胸騒ぎがする。

ベンチにはひとりの人影。

だがそれは、期待した田畑ではなかった。

「あら、君は……」

ふくよかな体形の彼女は、確か田畑のお手伝いさんだ。『鈴木さん』といったか。

向こうも晴哉の顔は覚えていたようで、ベンチから立って小さく頭を下げてくる。

「前に手紙を拾ってくれた学生さんよね、こんにちは」

「こ、こんにちは。今日は、あの、田畑さんはどちらに……?」

鈴木がいるということは、晴哉は賭けに勝って、田畑もここにいるに違いない。

当然のようにそう思って居所を尋ねたのだが、鈴木は急に暗い顔を覗かせた。気まずげに伏せられる瞳に、晴哉の鼓動はますます激しさを増す。

「言いにくいんだけど……田畑さんはね、三日ほど前にお亡くなりになったのよ」

「え……？」

晴哉は耳を疑った。

――田畑が、亡くなった？

「もともとご病気を患《わずら》っていてね、夏までは生きられないだろうって、余命宣告されていたの。宣告を受けてから、ここに来たいってよく言うようになって。またお連れするつもりだったのに。お家で倒れているところを私が見つけて、救急車を呼んだんだけど、そのまま……」

鈴木の目にじわりと涙が浮かぶ。晴哉は彼女の声をどこか遠くで聞いていた。

思い出すのは、田畑が茶房からの去り際、晴哉に呟いた言葉だ。

彼は言った。

「これでもう、思い残すことはなんもないな」……と。

それは、迫る自分の死を悟ってのことだったのか？

「私もね、ちょっと予感はしていたの。いつもは兼六園なのに、ひがし茶屋街に連れていってくれって頼まれた日。帰りの車でね、田畑さんがお孫さんに会ったとか言い出して。そんなわけないのに」

「お孫さんって、佑真くんのことですよね？」

「そうよ、お孫さんの名前も、田畑さんが教えたのね」

田畑は茶房での出来事を鈴木に語ったのだろう。

なぜかそこで、また新たな胸騒ぎが晴哉を蝕《むしば》む。

話しているうちに耐えられなくなったようで、鈴木がポロッと大粒の涙をこぼした。

「あ、ああもう、ごめんなさいね。まだ田畑さんがいないって実感がわかなくて。だからこうして、ひとりで兼六園に来て、田畑さんのお気に入りのベンチになんか座っちゃっているんだけど」

「い、いえ……」

「私ね、田畑さんとは古いお付き合いなの。田畑さんは寂しい人だったのよ。仲の良かった奥様が亡くなられて、そのすぐあとに娘さん夫婦と佑真くんもあんなことになって……」

「……佑真くんが、なんですか？」

その先を晴哉は聞きたくなかった。

だけどきっと、聞かなければいけないことだった。

「田畑さんはこれは教えなかったの？　佑真くんは四年も前にもう――交通事故で亡くなっているのよ」


「アマヤさん！」

「久しぶりだね、晴哉くん」

あまやどり茶房に勢いのまま飛び込んできた晴哉を、アマヤは優美な微笑みで出迎えた。まるで最初から、晴哉が来るのがわかっていたかのように。

双子はまた不在なのか二階にいるのか、エンもウイも姿は見えず、アマヤひとりの店内は水底のような静寂を保っている。

「濡れているね。突然の雨に降られて大変だったろう。まずはタオルで頭を拭くといい」

「い、いや、あとでいいです。それより、アマヤさんに確かめたいことが……！」

空中から出したタオルを差し出されるが、晴哉は水滴の滴《したた》る頭を横に振った。

兼六園で鈴木と話している途中、いきなり小雨が降り出し、その場はあわただしく解散となった。鈴木は「田畑さんのことを気にかけてくれてありがとうね」と涙を拭って去っていき、晴哉はその足でバスに乗ってひがし茶屋街まで来たのだ。

いますぐアマヤの口から、真実を確かめたくて。

「アマヤさん……あなたは初めから、田畑さんが『死んだ孫に会いたい』って願ったこと、知っていたんですか？」

尋ねながらも、晴哉はとうに返ってくる答えはわかっていた。アマヤが田畑に佑真を会わせたのだ。すべての事情を把握していないはずがない。

それでも尋ねずにはいられなかった晴哉に対し、アマヤはゆっくりと頷く。

「田畑さんのお孫さんである佑真くんはね、乗っていた車がトラックと衝突して命を落としたんだ。四年前の夏、茹《う》だるような炎天下の日に」

「夏……」

だから佑真の格好は、いまの季節は春なのに真夏のようだったのか。きっと死んだときと同じ姿なのだ。

太陽の光を浴びて無邪気にはしゃぐ佑真を、晴哉は自然と想像する。

「亡くなったのは親子三人。ただ、運転席のお父さんと、助手席のお母さんは、病院に運ばれて田畑さんが駆けつけるまで意識はあったんだ。そのふたりとは、田畑さんは最期に会えた。だけど佑真くんは即死で、田畑さんは結局、最期までお孫さんに会うことはできなかった」

「そんな……ことが……」

「それとね、佑真くんたち親子が車で向かおうとしていた先は、田畑さんのところだったんだよ。その日は本来なら、初めて佑真くんが、田畑さんに会う記念すべき日になるはずだった」

鈴木からも聞かされていない辛い事実に、晴哉の顔が悲痛に歪む。アマヤの空色の瞳も色濃い悲しみを湛《たた》えていた。

それなら、アマヤがこの茶房でお膳立《ぜんだ》てしたことは、本来訪れるはずだった『その日』の続きだ。事故になんて遭わなかった佑真が、田畑と無事に対面して、平和に笑い合う。

そんな、束の間だけど優しい夢。

「……この『あまやどり茶房』は、死んだ人にも会える場所なんですね」

「多少、力は多めに使うけどね」

「アマヤさんはどうしてそこまでして、誰かの誰かに『会いたい』って願いを叶えるんですか？」

「そうだね……私自身にもかつて、もう一度会いたいと願う人間がいたからかもしれないね。気持ちがわかるんだよ。まあ、その人間とは……」

アマヤは不自然に、途中で言葉を切った。

沈黙の中で長い白髪がサラリと揺れる。

アマヤの会いたいと願った人間がどんな人なのか、言葉の続きも含めて晴哉は聞いてみたかったが、いまここでは止めておいた。

田畑のことで気持ちの整理がついていない。いまだ手の平には、茶房を出る際に触れ合った、田畑の体温が残っているみたいだった。

無言で自身の手の平に視線を落とす晴哉に、アマヤはもう一度タオルを差し出しながら「田畑さん本人も話していたけど、晴哉くんのおかげで、彼は最期に佑真くんと笑えたんだよ」と言ってくれた。

晴哉は否定も肯定もせず、今度はちゃんとタオルを受け取って頭を拭く。拭き終わったところで、パタパタと足音が店の奥から近付いてきた。

「やっべ、寝すぎた！　ウイがくだらない話ばっかするから！」

「て、撤回してよ、エン！　私は好きな少女漫画について語っただけだもん！　幼馴染みの三角関係は至高だよ、じれじれの胸キュンで……」

「それがくだらないって言ってんだよ！　退屈すぎて寝ちまったじゃん！　てかお前も一緒になって寝てっし！」

「それはエンが先に寝たから……！」

「もう少女漫画の話は禁止な！」

「ひ、ひどいよ！　私の大事な楽しみなのに！」

二階で眠りこけていたらしい双子たちが、きゃんきゃんと喧嘩しながら登場する。静かだった茶房内に一気に音が弾けて、晴哉はなんだか気が抜けた。この双子の明るさには救われる。

「ふたりとも、そう喧嘩しないで。仲良くお茶にしようか。晴哉くんもせっかく来たんだ、一服していくかい？」

「……じゃあ、お言葉に甘えます」

近くの席に座ろうと椅子を引いて、晴哉は気付く。

ここは佑真が座った席だ。

幼い彼が一生懸命に祖父に話しかける声は、晴哉の耳の奥からしばらく消えそうにない。「おじいちゃん、おじいちゃん」と田畑を呼ぶあの声を。

向かい側ではそんな孫に応えるように、幸せそうに微笑む田畑の姿が見えた気がした。

# 三章　雨天時の花屋

その客は、いつも雨の日に花を買いに来る。

瑠璃子《るりこ》が営む花屋は、金沢の街の片隅、古びた雑居ビルの一階のテナントであった。

女手ひとつで始めた小さな店で、店員は瑠璃子とバイトの女子大生がひとりだけ。

経営は順風満帆《じゅんぷうまんぱん》とはいかないが、それでも地道に営業を続けている。

シャキシャキと働く器量よしの瑠璃子を好んで、顔を見に訪れる常連客も多く、彼等からは『瑠璃ちゃん』の愛称で親しまれていた。

ただ常連客と一口で言っても、いろんな人がいる。

中にはちょっと変わった人も。

「いらっしゃいませ」

「……どうも」

空から糸のような雫が、絶え間なく垂れ下がる雨天日。

濡れたビニール傘を腕にかけて来店したのは、その『変わった常連客』だった。

齢は今年で二十八になる瑠璃子より五つほど年下だろうか。背が高く、常にしかめっ面をした無愛想な青年で、おおよそ花を愛《め》でるようなタイプには見えない。

なぜか雨の日にしか来店しない彼は、いつも瑠璃子にオススメの花を尋ねる。それに答える形で、瑠璃子が数種類の店内の花を紹介すると、「じゃあそれで」と適当に選んで数本購入していく。

今回もそのパターンで、メインに選ばれたのは赤いアネモネだった。

「お買い上げありがとうございます」

「あ、ああ」

包んだ花を手渡すとき、いつも青年はおずおずと気まずげに受け取る。目が合うとすぐに逸らす。しかめっ面がより強張っていて、瑠璃子がもっと小心者だったなら露骨に怯えていただろう。

だが瑠璃子は怯えるどころか、青年に興味津々だった。

こんな彼がどうして花を頻繁《ひんぱん》に買うのか、なぜ雨の日にしか来ないのか、どうにも気になって仕方がない。

「……じゃあ、また来ます」

律義にそう言い残していく男性は、花を存外丁寧な手つきで抱え直すと、急ぎ足でさっさと店を去ろうとする。

だけど今日こそ瑠璃子は、勇気を出して声をかけてみた。

「あの、すみません……！」

＊

「ん？　今回の花はアネモネか」

五月に入って数日が経ち、過ごしやすい気温が続く。

雨が降ったので当たり前のように『あまやどり茶房』に足を運んだ晴哉は、レジ横の花瓶に目を留め、そこに活けられた赤い花に、鋭い目つきを微かに緩めた。

茶房では定期的に、花瓶の花が入れ替わる。

初来店のときは梅の花だったので、店のコンセプトに合わせて和花《わばな》ばかりかと思いきや、今回のアネモネのように洋花《ようばな》もちょくちょく見かける。

だが花のチョイスや活け方にセンスが窺えるためか、どんな花でも不思議と店内を上手く華やがせていた。

「おー！　さすが植物好き。花にも詳しいな」

「アネモネって私、初めて見ました。どんなお花なんですか？」

お客がおらず、暇そうにテーブルに突っ伏してサボっていたエンと、真面目にモップで床を磨いていたウイが、晴哉の元にそろってやってくる。

この双子はいつだって、言動は正反対なのに息はぴったりだ。

「アネモネはいまくらいの春が見頃で、『花弁のない花』って言われているんだ」

「花弁あるじゃん」

「それはガクだよ。大きな花弁に見える部分は、実はガク片が肥大化しただけなんだってさ。アネモネの名前には『風』って意味もあって、春の風と共に咲く『風の花』とも呼ばれているな」

「わあ、ロマンチックです！」

エンは「ふーん」とアネモネのガクをつつき、ウイは「乙女心がくすぐられますー」ときゃあきゃあ言っている。

過去に澪を相手に披露して以来、活躍どころのなかった晴哉の植物知識。

それに双子が素直に関心を寄せてくれて、語る晴哉も興に乗る。進んでひけらかすものでもないが、たまにはいいだろう。

暖簾の奥から出てきたアマヤも、「晴哉くんはお花屋さんになれそうだね」と穏やかに笑っている。

「瑠璃子さんのところで働けそうだ」

「瑠璃子さん……？」

「あれ？　まだ会ったことなかった？　その花瓶のお花を毎回持ってきてくれている、花屋の女性だよ」

「えっ、この花って、アマヤさんが生み出しているものじゃないんですかっ？」

てっきり晴哉は、アマヤの力でアネモネがここに咲いているのだと思っていた。

しかし、アマヤは絹糸《きぬいと》のような白髪を左右に振って否定する。

「このお花は私の力とは無関係。瑠璃子さんが営む花屋の花だね。瑠璃子さんは一年ほど前にこの茶房に来て、無事に『会いたい人』に会ったあとにも、私の出す条件を呑んでここに通っているんだ。晴哉くんと同じだね」

「店になんらかの貢献をするってやつですか……この花がその『貢献』なんですね」

「そうそう。私は彼女が手掛ける花が気に入っているんだ」

晴哉は自分と同じ立場ということで、その瑠璃子さんという女性が気になってきた。植物に詳しそうな相手というのも興味が湧く。

「どんな女性なんですか？」

「なんだよ、ルリコが気になるのか？　ハルヤより年上だぞ。まさかハルヤは年上好きか？　ミオねえちゃんがいるっていうのに隅におけねえなあ」

「ちょっ、からかうなよ、エン！」

ニヤニヤしながら見上げてくるエンに、晴哉はみっともなく狼狽する。澪まで引っ張り出されてはたまらない。

だがこういうときのエンはしつこいのだ。

「ルリコは美人だし、かなりモテるみたいだからな。でもダメだぞ、ルリコはもう結婚してるからな。諦めるんだな、ハルヤ」

「だからからかうなって！」

「ハルヤさん……浮気はダメです」

「ウイまで止めてくれ！」

いつもエンを窘めるウイにまで加担されたら、晴哉は降参だ。

アマヤはそんな双子と晴哉のじゃれ合いを空色の瞳で眺めながら、ふふっと軽やかな笑い声を立てる。

「瑠璃子さんは明るくて素敵な女性さ。晴哉くんとも話が合いそうだし、会う機会が来るといいね」

「……はい」

赤々と咲き誇るアネモネを見つめて、晴哉はまだ見ぬ花屋の女性に期待を抱くのだった。

＊

「あ、葉山《はやま》くん。また来てくれたのね」

「……はい、この雨ですから。仕事ができないので」

瑠璃子は例の常連客の青年と、勇気を持って声をかけた日から、徐々に仲良くなっていた。

青年の名前は葉山。

歳は予想通り、瑠璃子より五つ下の二十三歳。

彼の職業を知って、雨の日にしか来ない理由もあっさりわかった。なんてことはない、葉山は外壁塗装職人で、雨だと仕事が休みになるだけだ。花を買う目的だって、足の怪我で療養中の花好きの母親のためだというのだから、今時珍しい孝行息子である。

瑠璃子のオススメの中から、なるべく母親の気に入りそうな花を選んで、自分の仕事が休みの日に、離れた実家までわざわざ届けに行っているらしい。

「今日のオススメはこの辺りで……」

「じゃあ、それを」

「かしこまりました。お母さまの具合はどう？」

「動けなくて暇だとうるさいくらいで……元気ですね」

瑠璃子に対して挙動不審な点も窺えた葉山だが、あれは彼が女性慣れしていないがゆえの緊張からくるもので、慣れたいまとなっては会話も普通に成り立った。いまでは瑠璃子は敬語が取れて、葉山の表情も柔らかさを帯びている。

カウンターで花を束ねる瑠璃子と、それを見守る葉山は、外の雨音に混じるようにポツリポツリと他愛のない世間話を交わす。

その途中でふと、葉山が「あー、その」となにやら言いにくそうに口をまごつかせた。

「どうしたの？」

「あの……瑠璃さんは、マスコットとかつけますか」

葉山は、瑠璃子のことを『瑠璃さん』と呼ぶ。

瑠璃子は「マスコット……？」と瞳を瞬かせた。

「おふくろが暇潰しに『編みぐるみ』とかいうのを始めたらしくて、たくさん作っているんです。完成したものを俺に押し付けてくるんですけど……持て余すだけで。他に渡せそうな奴もいないし、よかったら」

これなんですけど、と葉山はポケットからたくさんの編みぐるみを出す。

毛糸で編まれたそれらは、瑠璃子の手の平に収まるミニサイズで、ウサギ、クマ、イヌ、ネコ……と動物をモチーフにしている。中には花らしきものを抱えている動物もいて、すべての頭に引っかけるための輪っかがついていた。

素人作なので編み方が荒いところはあるが、そこはご愛嬌《あいきょう》だ。

「とっても可愛い。本当に私がもらってもいいの?」

「むしろもらってください。男の俺が持っていても仕方ないので」

「そう言いながら、お財布にひとつ、ついているわよね。ライオンのやつ。お母さま作だったのね」

「……さすがにひとつくらいは、その、つけないとおふくろに悪いかと思って」

ボソボソと言い訳する葉山に、瑠璃子は小さく笑う。

話していると伝わってくる、彼のこういう不器用な優しさが、瑠璃子はとても好ましかった。

「バイトの子や、常連さんにあげる分も頂いていい?」

「お好きなだけどうぞ」

「じゃあ、これと、これと……私の分はこれにしようかしら。たぶんこのウサギ、抱えている花はタンポポよね」

瑠璃子は最後に、自分用にウサギの編みぐるみを選んだ。

白くて長い耳がふわふわしているその子は、毛糸を丸めて作られた、丸っこい黄色い花を短い足で持っている。

「子供の頃から、私はタンポポって好きなの。春らしくていいわよね」

「俺のライオンのやつも……たぶん抱えている花はタンポポです」

「じゃあ、おそろいね」

瑠璃子は何気なく言っただけだが、葉山はぐぐっと眉間に深い皺を刻んでしまった。

これは怒っているのではない、ただものすごく照れているだけである。

「タンポポの英名は『ダンデライオン』っていうんだけど、それには『ライオンの歯』って意味もあるのよ。タンポポの葉っぱが歯みたいにギザギザしているからで……ウサギとタンポポの組み合わせも可愛いけど、ライオンとは特にぴったりだわ」

「瑠璃さんはなんでもよくご存知ですね」

「花のことだけよ」

「俺は……いいと思います。花のことを話す瑠璃さんは、その、生き生きされていて」

耳にスッと入り込む低音の声で、そう不器用ながらに褒める葉山に、今度は瑠璃子が照れる番だった。

葉山と接していると、瑠璃子の胸の奥底がじんわりと熱を持つ。伴うのは、蕾《つぼみ》が綻《ほころ》ぶ瞬間を見守るような温かな気持ちだ。

「……ありがとう。そんなふうに言ってもらえて、花屋として嬉しいわ」

「いえ……」

だけどこのささやかな交流も、あいにくと明日からは晴天が続くらしいので、しばらくはお預けになってしまう。

新聞の天気予報に並ぶ晴れマークを、恨めしげに睨んだ瑠璃子である。

「早く次の雨の日になればいいのに」

葉山がいなくなったあとで、瑠璃子はウサギのマスコットを見つめてボソッと呟いた。

気付けば瑠璃子は、葉山が来るのをなによりも心待ちにしていた。

＊

青々とした晴天の朝。

晴哉はいつも通り、遅刻もせず余裕を持って登校していた。

「……あ、タンポポ」

校門の傍にひっそりと咲く、可愛らしい黄色い花を見つけ、ついつい足を止める。

先日、『あまやどり茶房』で植物知識を披露した晴哉は、アネモネのあともエンやウイに「他の花の豆知識もなんかないのか？」「私もいっぱい聞きたいです！」とねだられ、いろんな花について解説してあげた。

その中にはタンポポの話題もあり、タンポポの根を焙煎して作るお茶があることを教えれば、エンが「飲んでみたい！」と大騒ぎ。

今度アマヤが振る舞う約束をしてその場は収まったが、晴哉も知識だけで飲んだことはないので、ぜひお相伴《しょうばん》にあずかりたいものだと思った。

「っと！　そこの学生さん、ちょいとごめんよ」

「あ、すみません」

そんなことを道端のタンポポを見つめて思い返していたら、晴哉の横を、青い作業着姿の男性が慌ただしく駆けていった。彼は校門を抜けて校舎の裏手に向かっていく。

晴哉はそこで、学校の敷地内に同じ作業着姿の人がチラホラいることに気付いた。

「なんかあったか……？」

「おいおい、忘れたのかよ？　担任が昨日のホームルームで話してただろう。今日から校舎の一部の改装工事が始まるって」

「あー、なんか言ってたかも……って、山口⁉」

急に話しかけられ、晴哉が驚いて声のした方を見れば、「よっ！」と朗《ほが》らかに片手をあげるクラスメイトの山口がいた。

彼は青空が似合うカラッとした笑みを浮かべる。

「はよっす、陽元！　こんなところで突っ立ってると危ねえぞ」

「あ、ああ、おはよう」

クラスメイトと朝の挨拶を交わすなんて、晴哉には未知の体験なので返しがギクシャクとしてしまう。

だが山口は気にしたふうもなく、「一緒に教室行こうぜ」と晴哉の背中をポンと叩いた。ふたりは並んで校舎に向かう。

「工事なんてするなら、いっそ休校にしてくれたらいいのにな。英語の課題やってねえし休みてえー！　陽元はやったか？　英文の日本語訳！」

「まあ、一応……」

「マジ？　やっぱりお前って真面目だな」

「……普通だと思うが」

「なあなあ、ノート見せてくれよ。たぶん俺、授業中に当てられるんだよ」

「別にいいけど、俺も英語は苦手だから答えに自信ないぞ。一緒に補習受けてただろ」

「うわっ、そうだった」

大袈裟《おおげさ》に頭を抱える山口。

カラオケに誘ってくれたときもそうだったが、彼は本当にどこまでも気軽に晴哉と接してくれる。

「わかった、俺も課題は自力でがんばるわ。なんとか英語の時間までに終わらす！　そんで一緒に答え合わせしようぜ、陽元！」

「えっ？」

「なんだ、嫌なのかよ？」

「そんなことは……」

「じゃあ、俺ができたら答え合わせな！　英語がダメダメ同士でがんばろうぜ。そうと決まれば、さっさと教室行ってやらねえと！」

大きく一歩踏み出した山口は、展開に置いていかれ気味の晴哉を振り向いて、「おーい、お前も急げ！　時間なくなっちまうぞ！」と急かしてきた。咄嗟に「お、おう」と返事をする。

そのまるで『友達』のようなやり取りに、晴哉は頬を知らず知らず緩めて、前を行く山口を追いかけた。

朝の晴れっぷりが嘘のように、午後から天気は崩れ、山口が五限目の授業で間違った答えを先生に直される頃には（晴哉と答え合わせをした結果なので、つまり晴哉も間違えた）雨雲が空を覆っていた。

雨が降ったので茶房に寄れば、晴哉の視線は一番に花瓶に向く。

昨日の今日なので、花瓶に飾られた花はアネモネのままだ。

「おっ！　いいところに来たじゃん。ハルヤも飲む？」

「こんにちは、ハルヤさん」

「晴哉くんも飲みたいと言っていたから来てよかったね」

客のいない店内。

茶房のメンバーは、一席に集まって優雅にティータイムを送っていた。三人がそれぞれ持つガラス製のティーカップには、金糸雀色《カナリアいろ》の水面が波紋を生んでいる。

「もしかしてそれ、昨日話していたタンポポ茶ですか？」

「そうだよ。はい、晴哉くんもどうぞ」

晴哉は近くの椅子を引っ張ってきて、エンとウイの間に座る。そんな晴哉の前に、アマヤが即座にお茶を生み出して置いてくれた。

冷え性の改善やダイエットに効果的らしいタンポポ茶。

すすってみると、ほんのり苦いコーヒー風味だった。

「どうだい？」

「俺はけっこう好きな味です。あとこのお菓子……五色生菓子《ごしきなまがし》ですか？」

「おや、若いのによく知っているね」

テーブルの中心には黒内朱《くろうちしゅ》の半月盆が鎮座し、五種類の生菓子が並んでいた。

五色生菓子は、石川県に古くからある伝統的な縁起菓子《えんぎがし》。

丸餅の半分を紅色に染めた『ささら餅』、真ん丸な白い『饅頭《まんじゅう》』、ひし形になっている餅『うずら』、黄色に着色した米粒がまぶしてある『えがら餅』、丸型の蒸した『羊羹《ようかん》』からなり、それぞれが『日、月、海、山、里』を表している。

主に食べるのはおめでたい婚礼の際など。なぜ晴哉がこの菓子について知っているかといえば、過去にかさねが近所の人から、身内の結婚祝いとしてもらってきたことがあるからだ。

「お客さんにでも祝い事があったんですか？」

「そういうわけじゃないけどさ。ちょうど一年前のこの日に、瑠璃子さんから結婚報告を聞いたなあって思ったら、なんとなくこの菓子が食べたくなってね。私が個人的に用意しただけだよ」

「結婚報告……瑠璃子さんって、どんな経緯でこの茶房に来たんですか？　もしかして彼女の『会いたい人』って、結婚相手に関係あるとか……？」

「知りたいかい？」

「あー……ただの好奇心なんで、お客さんの守秘義務とかあるなら無理に話さなくていいんですけど」

またエンにからかわれそうな気配を察して、晴哉は先に予防線を張っておいた。

聞いたのは本当にただの好奇心だ。

詳細を明かすのがNGならそれはそれでいい。

だけどアマヤは、「瑠璃子さんは自らいろんな人に話しているみたいだし、私から喋っても問題ないと思うよ」と微笑んだ。

「じゃあ少しだけ語ろうか。瑠璃子さんが『会いたい』と望んだ人は、『自分の店によく花を買いに来ていた常連の青年』でね。最初はただのお客さんだったのに、店での交流を通して、瑠璃子さんはその青年に好意を持つようになったんだ。関係はなかなか進展しなかったけど……ある日、ふたりを揺るがす事件が起きちゃって」

「事件……？」

アマヤはタンポポ茶をコクリと一口。

「瑠璃子さんが、別の男性からプロポーズされたんだよ」

＊

瑠璃子は花屋のカウンターで、注文の入ったブーケを作りながら物思いに耽《ふけ》っていた。

「どうしよう……」

彼女はつい一週間ほど前、父親の手引きでひとりの男性を紹介された。

その人は父が勤める会社の上司の息子で、なにかの折に瑠璃子を見て一目惚れしたとかで、交際を申し込んできたのだ。「結婚を前提にお付き合いしてください」なんて言われたのは、異性にはそれなりにモテる瑠璃子も初めてだ。

瑠璃子としてはキッパリお断りしたいところだったのだが、父親の立場も絡んでいるため無下《むげ》にはできない。

しかもその息子さんは、瑠璃子と同い年ながら優良企業で役職に就くエリート。ルックスも悪くなく、性格も穏和。世間一般で言うところの『超優良物件』な相手だったので、父も母もすっかりその気で盛り上がっている。

「おまけになんだか、変に噂になっているのよね……」

お喋りな常連の奥様に口を滑らせたが最後、お客の間では話が誇張されて、瑠璃子がお付き合いをすっ飛ばしてその息子さんと近々結婚する……なんてデマが広まっている。

もう何人に「おめでとう、瑠璃ちゃん。お幸せにね」と祝福されたかわからない。

瑠璃子は頭が痛かった。

「葉山くん、この話は知らないわよね……?」

心配どころはそこだ。

彼にだけは誤解されたくない。

だから雨の日の今日、瑠璃子は葉山が訪れたら、そのデマを知っているのかどうか確かめて、万が一知っていたら結婚なんてしないとちゃんと否定したかった。

「まだかしら……」

だけどこの日、葉山は瑠璃子の花屋に来ることはなかった。

また次の雨の日も、次も次も次も来なかった。

葉山と会えない一方で、父の上司の息子からの熱烈なアピールは続く。

ついに押しに負けてふたりきりで出掛ければ、その際にまた瑠璃子は正式に告白された。「瑠璃子さんに他に好きな人がいても構いません。それでも僕が必ず幸せにします」とまで真摯《しんし》に口説かれてしまえば、誰だって悩むだろう。断れず、瑠璃子は返事を保留にしてしまった。

だけどあまり相手を待たせるわけにはいかない。

「はあ……」

「また溜息をついてるんですか、店長」

瑠璃子が吐いた、ここ最近何度目かもわからない溜息に、バイトの女子大生がやれやれと呆れる。

「さっさとエリートさんの告白を受け入れちゃえばいいのに。まだ今日も、雨なのに来てくれない葉山さんを待ってるんですか？　いっそ店長から会いに行ったらどうですか」

バイトの彼女はハキハキとした物言いのしっかり者で、瑠璃子と葉山のことを一番近くで見てきたため、今回の件では一番の理解者とも言えた。

瑠璃子はゼラニウムの鉢植えに水をやる手を止め、「それができたら苦労しないわ」と拗ねたように口を尖らせる。

いくら仲良くなっても、あくまで店員と客の間柄のままだった葉山と瑠璃子は、連絡先などの交換はしていない。瑠璃子は葉山の家も職場の場所も知らず、彼が花屋に来てくれなければ会うこともできないのだ。

「どうして葉山さんは、急に来てくれなくなったのかしら……」

「来なくなった時期を考えると確実に、店長の結婚の噂を聞いて、思い切り信じたせいだと思いますよ。葉山さんも店長が好きだったから、身を引く意味で店に寄り付かなくなったんですよ」

「は、葉山くんの気持ちまではわからないわよ！」

「わかりますよ。傍から見ればおふたりが両想いなことなんて一目瞭然です」

なにを言っているんだと、さも当然のように言い切られる。

「エリートさんへの返事もあるんでしょう？　店長はそろそろ心を決めてください」

「言葉が痛いわ……せめてもう一度、葉山くんと会って話せたら……」

結局はそれに尽きる。

彼と会わなければ、瑠璃子の揺れ動く心は決められそうになかった。

そこでバイトの彼女は「ああ、そういえば」と、なにかを思い付いた顔をする。

「友達から聞いた話なんですけど、会いたい人に必ず会わせてもらえる『あまやどり茶房』っていうのがあるそうですよ」

「『あまやどり茶房』……？」

「『ひがし茶屋街』に雨の日にだけ現れるらしいです。そこに行けば、葉山さんに会えるかもしれませんよ。ただの都市伝説だとは思いますけど」

確かにいかにも胡散臭《うさんくさ》い、都市伝説にありがちな話だ。

だが藁《わら》にもすがる想いだった瑠璃子は、「もうその茶房に行くしかない」と直感した。

それにもとよりこの花屋でも、雨の日にしか葉山とは会えなかったのだ。その点に不思議な茶房と通ずるものを感じて、瑠璃子は次の雨の日に、店を臨時休業にしてでも『ひがし茶屋街』に向かおうと決めた。

愛らしいピンクのゼラニウムの花が目に留まる。

奇《く》しくも、この花の花言葉は『決意』だった。

＊

「……こうして瑠璃子さんは無事、うちの茶房にたどり着いて、私はその青年と会わせてあげた。青年が花屋に来なくなった理由は、やっぱり瑠璃子さんが結婚すると信じたからだね。青年も深く瑠璃子さんのことを想っていたんだ。ここで真相を知って、想いを伝え合ってめでたしめでたし……といきたいところだけど、現実は難しい。青年は自分より求婚したエリート男性の方が、瑠璃子さんを幸せにできるだろうと頑《かたく》なだったし、瑠璃子さんも実際に迷ってはいた。結局、茶房で会えた段階では、瑠璃子さんの心は決まらなかったんだよ」

「え……でも、瑠璃子さんはどちらかとは結婚したんですよね」

「うん。私たちはあとで報告に来た瑠璃子さんから、どっちを選んだか聞いた形だね」

「どっちになったんですか？」

「それは……おっと」

そこでアマヤは話を止めて、「残念、時間切れだ」と立ち上がった。

「本日の天気はずいぶんと移ろいやすいようだね。もうそろそろ雨が止むから、晴哉くんは帰りなさい」

「ちょっ、待ってくださいよ、アマヤさん！」

突然の『本日は店仕舞い宣言』に、晴哉は慌てる。

瑠璃子の話は一番いいところで終わっている。肝心な部分をいますぐにでも教えて欲しかった。

だがアマヤは無情にも「また今度ね」と躱《かわ》すだけだ。

「次回に持ち越しだな、ハルヤ。明日の天気は一日中晴れだから、お次の来店は明後日くらいか？」

「恋愛ドラマの次回予告みたいですね」

エンとウイも、晴哉をさっさと店から追い出す方に舵《かじ》を切っている。晴哉はまだタンポポ茶を飲み切っていないし、五色生菓子はひとつも食べていないというのに。

「あ、あと少しくらい……！」

「ダメダメ、雨宿り終了ー！」

「ごめんなさい、ハルヤさん！」

抵抗虚しく双子に追いたてられ、晴哉は気付けば、雨上がりの晴れやかな『ひがし茶屋街』に立っていたのであった。

そして――その夜。

『とっても素敵な話だね！　タイプの違うふたりの男性と三角関係なんて、女の子の憧れのシチュエーションだよ』

「そういうもの……なのか？」

晴哉は自室のベッドの上で、スマホを片手に澪と電話をしていた。

彼女とは週に一回、三十分ほど、特別な用件はなくともお互いの近況報告を兼ねて電話をしている。

茶房で聞いた瑠璃子の話を晴哉がすれば、スマホ越しの澪の声はワントーン上がった。

こういう恋バナで盛り上がるのはウイだけだと思いきや、女子はみんな盛り上がるらしい。ひとつ学んだ晴哉である。

『花屋さんが出会いっていうのも、可愛くていいなあ。私、お花だったらゼラニウムが一番好きだよ。覚えている？　かさねさんの家のご近所さんが、綺麗なゼラニウムをたくさん咲かせたからって、ハルくんと見に行ったことがあったでしょう？　あれから香りとかお気に入りなの』

晴哉もその出来事はしっかり覚えていたため、「懐かしいな」と感慨深く答えた。

当時、『オトメちゃん』は「いい香りがするわ！」とずいぶんはしゃいでいたものだ。

ゼラニウムはふんわり包み込むような甘い香りを放つので、香水やアロマによく使われる。特に女性から人気が高い花である。

「それで、さっきの話なんだけど……澪ちゃんは、瑠璃子さんはどっちと結婚したと思う？　俺はこういった話題には疎《うと》いから、まったくわからなくて」

『うーん、瑠璃子さんがどうかはわかんないけど、私だったら選ぶならエリートさんかな？　他に好きな人がいても構わないって、片想いなのに健気なところとかにやられそう。スペックも高いしね！』

「なるほど……しかも瑠璃子さんは、そっちの方に外堀は埋められているもんな」

『あとはお客の青年の、年下っていうのが瑠璃子さんはどうなのかなって。私の友達は、結婚するなら絶対に包容力がある年上！　っていつも言っているの』

「澪ちゃんも年上がいいのか？」

それは晴哉からしたら、流れで口から出ただけの何気ない質問だ。

しかし、澪は急に『えっ、わ、私は……年は同じくらいの方が……』ともごもごした喋り方になる。

『むしろ年齢は関係ないっていうか……周りから誤解されがちだけど、植物が好きな優しい男の子とか気になるっていうか……』

「へえ、そうなんだ」

『……ハルくんって本当の本当の本当に鈍感だよね』

「え、俺またなにか間違ったこと言った？」

スマホ越しからは澪の呆れがひしひしと伝わってくる。

晴哉は困惑するが、『いいから忘れて！』とピシャリとはね除《の》けられてしまえば、それ以上の追及はできない。

『じゃあ、そろそろ私は宿題をして寝るね。瑠璃子さんって人がどちらの男性を選んだのかは、答えがわかったらまた電話で教えて！　おやすみ！』

「う、うん、おやすみ」

澪は最後、やたら早口になって、ブツンッと電話をぶち切った。役目を終えたスマホをシーツの上に放り出し、晴哉はゴロリと寝転がる。

やはりまだまだ、晴哉に女心を理解するのは難しいようだ。

「本当に、瑠璃子さんはどっちを選んだんだろうな……」

答えを求める晴哉の呟きは、部屋の天井に吸い込まれて消えていった。


エンの予報通り、翌日は雨の気配なんて微塵《みじん》もなく、朝から学校が終わるまで空は晴れ渡っていた。

教室を出る際、山口に「じゃあな」と手を振られ、それにむず痒さを感じながらも振り返して、晴哉は昇降口を出る。

燦々《さんさん》と降る太陽の光が眩しい。

この調子では、さすがに茶房には行けなそうだ。

「今日は仕方ないな……ん？」

校門前に来たところで、晴哉の靴先にふにっと柔らかいなにかが当たる。砂に汚れたそれを、晴哉は屈んで拾い上げた。

「マスコット?」

それはライオンを模した、輪っかのついた編みぐるみだった。ライオンはタンポポらしき花を短い両足で持っている。そこそこ年季が入っているようで、毛糸がぴょんぴょんと飛び出てほつれていた。

「誰かの落とし物なら、職員室に届けた方がいいのか……」

だが落ちていたのが微妙な場所のため、そもそもこの学校の生徒のものなのかもわからない。

どうしようか悩んでいたら、誰かが地面を蹴る音がした。顔を上げれば、ひとりの男性がこちらに向かって走ってきている。

青い作業着姿で、高い身長に仏頂面《ぶっちょうづら》。歳のほどは二十代半ばかそこらか。うっすら見覚えがあると思えば、晴哉が道端のタンポポを見つめていたときに、横を慌ただしく駆けていった男性だ。

校舎の改装工事を担当している業者なのだろう、作業着の胸元には『○○塗装株式会社』と刺繍《ししゅう》が入っている。主な工事内容は外壁の塗り替えだったらしい。

男性は晴哉の前まで来るとピタリと足を止めた。

「学生さん、すまないがここらへんで落とし物を拾わなかったか？　ライオンのマスコットで……」

「あ……っと、これですか……？」

「っ！　それだ！」

晴哉が手の中にあるマスコットを見せると、男性は外見に合った低い声をあげる。

「俺のマスコットだ。君が拾ってくれたんだな、ありがとう」

手渡せば、男性は心底ホッとしたように息を吐いた。

晴哉はてっきり持ち主は女性だと思っていたので、多少なりとも意外に思う。

「本当に、見つかってよかった……」

ボロボロのマスコットを、ゴツゴツした指先で慈しむように撫でる男性。その様子に、晴哉はほぼ独り言のように「大切にしているんですね」とこぼす。

男性は晴哉に負けず劣らずの険しい顔つきを緩め、照れ臭そうに笑って言った。

「ああ、妻との思い出のものだからな」

「あれ、これって……」

晴哉が校門前でライオンのマスコットを拾ったのと、同時刻。

ひがし茶屋街の『あまやどり茶房』にて。

店内のあちこちを手巾で拭き掃除していたウイが、アネモネが飾られた花瓶を持ち上げたところで、レジ台の下にポツンと転がる『あるもの』を発見した。

その近くではアマヤとエンが、テーブルにボードを広げてなぜかオセロで勝負をしている。

「あー！　また負けた、あるじ様強すぎ！」

「四隅を取るのは基本だよね」

「ちょっとは手加減してくれよ」

などという会話をしていて、いくら空模様的に客を迎え入れられないとはいえ、ここに晴哉がいたら「気を抜きすぎじゃないか……？」と心の中でツッコんでいたことだろう。

「あるじ様！　大変な落とし物を見つけました！」

「ん？　どうしたんだい、ウイ」

花瓶を置き直して飛んできたウイに、オセロの石を長い指先で弾いていたアマヤが視線を遣る。

ウイはその紅葉のような手の平に、タンポポの花を抱えたウサギの編みぐるみのマスコットを載せていた。ひどいほつれ具合からも、だいぶ古いものであることが見て取れる。

覗き込んだエンが「ルリコのじゃん」と片眉を上げた。

「大事な旦那との思い出のものを落とすなんて、たまに抜けてるよなあ、ルリコの奴」

「花瓶に花を活けたときにでも落としたんだろうね。今度来店した際に、私から返しておくよ」

ウイからマスコットを受け取り、アマヤは藍色の着物の懐に仕舞った。

「次にルリコが来るときには、ハルヤも会えるといいな」

「あ！　でも、ルリコさんってだいたい、お店の都合で平日のお昼過ぎに来ますよね？　ハルヤさんは学校じゃ……」

エンの言葉に、ウイが懸念を示す。

実際にその通りで、時間帯的に晴哉と瑠璃子が会える可能性は限りなく低かった。

しかしアマヤは「それもそうなんだけどね」と含みのある笑みを浮かべる。

「人と人の『縁』というものは、どこでどう繋がるかわからないものだから。晴哉くんと瑠璃子さんが直接会えなくても、瑠璃子さんと関わる誰かが、晴哉くんと今頃ひょっこり接触していたりするかもよ？」

――面白いものだよね、人の『縁』って。

そう言ってアマヤは、すべて見透かすように、空色の瞳をゆるりと細めたのだった。

# 四章　雨の窓辺に佇むあなた

その男は疲れていた。

朝の通勤ラッシュの満員電車にも、理不尽な上司の説教にも、取引先のワガママな言い分にも、取れない有給休暇にも、連日続いた残業にも、全部全部。

「はあ……」

くたびれたスーツを纏い、重い靴を引きずって会社を出る。

珍しく、本当に珍しく、今日の残業は日付を越えなかった。だけど嬉しくもなんともなく、残業は残業だったし、もうすぐ二十一時だ。

夜の金沢の街を横目に通り過ぎて、フラフラと帰路につく。独り暮らしのアパートに帰っても、誰も迎えてくれる相手などいないが、自分の部屋だけが男にとっての安住の地だった。

「本当に……いい加減転職しようかなあ……」

四年制大学を卒業後、新卒でいまの製薬会社に勤めてもう五年。

性格的に向いてない営業職でずっとがんばってきたが、男はそろそろ限界を感じていた。

「でもなあ、いまより環境が酷くなるかもしれないし……ん？」

ふと、アパート近くの公園の入口で足を止める。

こんな時間だというのに、小さな公園には人が集まっていた。簡易なテントを張ったり、床にレジャーシートを敷いたりして、わいわいと盛り上がっている。

「なんだ、なにかやっているのか？　チラシがあるな……『ナイトフリマ』？」

公園の入口横に立つ掲示板には、やたらとポップなデザインの催し物のチラシが貼ってあった。薄い電灯の光を頼りに目を通す。

『ナイトフリマ』とはそのまま、夜に行われるフリーマーケットのようだ。

「へえ」

好奇心で、男はどんなものがあるのか見ていくことにした。

夜に開かれているというだけで、そこは普段の冴えない日常とは隔絶された、特別な空間に感じられたのだ。

フリマは二十一時半で終了だそうで、もう片付けに入っているところも多かった。

それでも売り物はまだチラホラ残っていて、洋服、古本、アクセサリー、家具、子供の玩具……雑多になんでもある。

こんないいものがこんな安い値段で⁉　と驚く場面もあって、男はだんだんと楽しくなってきた。

これといって欲しいものはなくとも、記念になにかひとつ買って帰ろうか。

そんな軽い気持ちでフリマを回っていた。

……そのはずだった。

「え」

とあるテントの下で、男と『彼女』の目が確《しか》と合う。

瞬間、雷に打たれたような衝撃が男を襲った。

「う、あ……」

頬が熱を持ち、高鳴る鼓動が止まらない。

ドクドクと血潮《ちしお》が全身を巡って、呼吸が苦しい。

――まさかこんなところで、『彼女』に一目惚れしてしまうなんて、男には予想だにしない事態だったのだ。

＊

「なああ、陽元。お前ってさ、来月の初めの土日って暇じゃねえ？」

「来月の初め？」

「暇ならさ、ちょっと頼みたいことがあるんだ」

一日の授業が終わった放課後の教室で、晴哉はスクールバッグを担いで、いままさに席を離れるところだった。

そこにやってきたのは山口だ。

彼とはすっかり交流も増えて、こうして教室の中でも気軽に言葉を交わすようになっていた。

おかげでクラスメイトにも晴哉は徐々に受け入れられ、以前までは「不良の陽元と接していたら危ないぞ！」と、山口にクラス中から心配げな視線が送られていたが、いまではそんな視線もすっかり消えた。むしろチラホラと晴哉に話しかけてくる者も現れ、晴哉からすれば山口には感謝してもしきれない。

そんな彼の頼みなら、できる限り前向きに検討したいので、晴哉は「なにかあるのか?」とひとまず内容を尋ねた。

山口はニカッと笑う。

「出店《でみせ》の助《すけ》っ人《と》をお願いしたいんだよ。金沢の六月といえばほら、あの祭りがあるだろう?」

「祭り……ああ、『百万石《ひゃくまんごく》まつり』か」

金沢の『百万石まつり』といえば、加賀藩祖の前田利家《まえだとしいえ》公が天正《てんしょう》十一年の六月十四日に『金沢城《かなざわじょう》』へ入城したことにちなんで、毎年六月に開催される金沢最大のイベントだ。

全国的にも有名で、祭りのメインである華々しいパレード『百万石行列』では、人気俳優が前田利家公に、女優が利家公の正室のお松《まつ》の方《かた》に扮して、その絢爛豪華な姿をお披露目する。

晴哉は地元民なのに、一度も百万石行列を生で見たことがなかったが、テレビの中継だけでも毎年そのパフォーマンスに圧倒されている。

そのくらい大規模な祭りなので当然、出店もたくさん並ぶが……。

「……山口が店を出すのか？」

「俺っていうか親父？　俺の家、カレー屋なんだよ」

聞けば、個人経営の小さな店だが、リピーターが多くて雑誌にも取り上げられたことがあるという。

百万石まつりへの出店は今回が初。だが出店を決めたはいいものの、タイミング悪くバイトが辞めてしまったため、もともと少ない人員がさらに不足したのだとか。

「何人かに声掛けたんだけど、土日は部活で忙しい奴が多くてさあ。帰宅部で捕まえられそうな友達って言ったら、陽元かなって」

「友達……」

「ん？　友達だろう、俺ら」

サラリと飛び出たその単語を、晴哉はじわじわと噛み締める。

友達。

澪を除けば間違いなく第一号だ。

山口からそんなふうに称《しょう》してくれるなんて……と、目つきの悪い顔にはおくびにも出さないものの、晴哉は心中で歓喜の震えが止まらない。いまなら軽く小躍《こおど》りできる。

「い、いいぜ。手伝うよ、その店」

どうせ山口の言う通り、土日には『あまやどり茶房』に寄る以外の特別な予定は晴哉にはないし、二つ返事で了承した。

『友達』が困っているなら助けたい。

晴哉の了承に、山口は「よっしゃあ！」と大袈裟に喜ぶ。

「さっすが陽元だな！　めちゃめちゃ助かる！」

「バイト経験とかないから、たいして役には立てないかもしれないけどな」

「難しいことはさせないし大丈夫だって。もちろん働いてくれた分の給料は渡すぜ！あと旨いカレーも食えるぞ！」

「カレーは楽しみにしているよ」

ただあんまり辛くないことを願う。

甘党な晴哉が好きなカレーは、とにかくマイルドな甘口なのである。

「親父にはさっそく伝えとくな。詳細はまた近付いたら教えるから！」

そう言って山口はテンション高く、用が済んだらさっさと去っていった。彼も運動神経が抜群にいいわりには帰宅部であり、どうやらいつもまっすぐ帰って父親の店の手伝いをしているようだ。

晴哉も山口に倣い、今度こそ教室を出る。

廊下の窓に視線を遣れば、広がるのは曇天。雨が降るかどうかは微妙なところだ。

「おっ、とっとっと」

「……雪代《ゆきしろ》先生？」

晴哉の進行方向から、大量の紙束の山を抱えた年配の男性が歩いてきた。彼の名は雪代雪太郎《せつたろう》。美術教師で晴哉の担任だ。

小柄な体がグラリと傾いたので、慌てて晴哉は駆け寄り、「持ちますよ」と資料を半分預かる。

「おお、陽元か。危なかったよ、ありがとう」

「いえ……どこに持って行くんですか？　このまま運びますよ」

「職員室だ、悪いが頼むよ。明日の授業で使う資料なんだが、年老いたじいさんには重労働でなあ」

おどけたように雪代は肩を竦める。

晴哉はひとつ頷いてズレた資料を抱え直した。

今年で教員生活を終える雪代は、つるりと禿《は》げ上がった頭に小振りな丸眼鏡《まるめがね》、日替わりでデザイン性の高いベストを好んで着ている、小粋《こいき》なおじいちゃん先生だ。本日のベストはチャコールグレーのタータンチェックで、教壇に立っても目立っていた。

親しみやすいユルい言動で生徒受けがよく、また本人も生徒思いないい教師である。山口辺りの陽キャラな生徒たちには、『雪じい』なんてあだ名で呼ばれている。

「陽元は最近、明るくなったよなあ。クラスにも馴染んできたみたいで安心したよ。担任の僕としては、陽元みたいな優しくて真面目な生徒が周りに理解されないのは、もったいなくて歯痒《はがゆ》かったから」

「……いつもすみません。馴染めたのは、山口のおかげだと思います」

また雪代は、不良だと勘違いされている晴哉を色眼鏡で見ることなく、普段から気にかけてくれていた。

晴哉と並んで廊下を進みながら、雪代は「山口も優しい奴だからな」と朗らかに笑う。

「前向きで、友達を大事にするところがアイツの長所だ。ああ見えて人のことをよく見ている奴だしな」

「山口がみんなに好かれる理由は……わかります」

「まあ、僕の美術史の授業では毎回寝ている悪ガキでもあるけど」

「先週も寝ていましたね……」

あまりにも心地よさそうにグースカ爆睡しているので、クラスの連中は誰も起こせず、雪代も呆れかえっていたものだ。

あとでバッチリお説教は食らっていたが。

「陽元も、友達は大事にするようにな」

「は、はい」

いい返事だと、雪代は眼鏡の奥で柔和に目を細めた。

自分はきっと、周囲の人に恵まれている。

そう感じて改めて、晴哉は引き受けた出店の助っ人をがんばろうと思った。

　職員室に着いてからも、ポツポツと雪代と雑談を交わしていたら、気付けばすっかり時間が経ってしまっていた。職員室を出る頃にはバケツを引っくり返したような大雨になっていて、雪代には「ありゃ、これは帰るのが大変だな。すまんなあ、引き留めて」と謝られたが、晴哉としては好都合だ。

　学校を出て、制服の裾を濡らしながら『あまやどり茶房』に向かった。

　しかし、茶房の戸に手を掛けたところで、ピタリと動きを止める。

　中から知らない男性の声がしたのだ。お客だろうか、「お願いします！」となにやら必死に懇願している。

　入らない方がいいのか……？　と躊躇ったものの、アマヤの困ったような声も聞こえて、揉《も》め事なら大変だと意を決して戸を開く。

「お願いします！　俺はどうしても、どうしても『彼女』に会いたいんです！　ここに来れば『会いたい人』に必ず会えると聞きました！　どうかお願いします、なんでもしますから！」

「なにもしなくていいんだけれど……」

「おい、落ち着けって、お客さん！」

「い、いったん落ち着いてください……！」

四角いバッグを持った痩身《そうしん》のスーツ姿の男性が、困り顔のアマヤにぐいぐいと迫る。そんなふたりの間に、アマヤを守るように双子が入って、代わる代わる男性を宥《なだ》めている……という珍妙な光景が、店内では繰り広げられていた。

ポカンと立ち尽くす晴哉に、一番に気付いてくれたのはアマヤだ。

「ああ、晴哉くん。来ていたんだね」

スッと自然に晴哉のところまで来たアマヤは、いたっていつも通り……ではなく、どことなく顔色が優れないように晴哉には見えた。

状況はよくわからないが、あの低姿勢なのに押しの強そうな男性の相手をして疲れたのだろうか。

「あの、大丈夫ですか？」

「ん？　なにがだい？」

「いえ、その……」

晴哉はチラリと男性を見る。

歳は二十代後半かそこらか。生真面目そうな面立ちだが、目の下にうっすら隈《くま》があって、全体的にくたびれた雰囲気を背負っている。

そんな彼は、今度は双子相手に「お願いします、お願いします！」と頭を下げ続けていて、形振《なりふ》り構っていない感じが凄まじい。

先に音《ね》を上げたエンが「あー、もう！」と叫んだ。

「お客さんの熱意はもう十分伝わったよ！　話はとりあえず聞いてやるから、そこの席で座って待っててくれ！」

ビシッと人差し指を向けてエンが指定した席に、男性が「わかりました！」と素直に従って座る。

やけにカッチリした四角いバッグは、大事そうに彼の膝の上に置かれた。大きさは男性が抱えるのに問題ないくらいだが、意外と重さがありそうだ。

男性を座らせた隙に、アマヤと双子、晴哉は店の奥へと引っ込む。

「アマヤさん、あのお客さんはいったい……」

晴哉がコソコソ尋ねれば、アマヤの代わりに、ふんっと腕を組んだエンが「ついさっき不意打ちで来店したんだよ」と答えてくれる。

「今回は俺らが案内してないっていうか、ここまで呼び込んでないのに向こうから来た客でさあ。完全に油断してたからマジでビビった」

「えっ、そんなことも有り得るのか？」

この茶房に初回でたどり着くには、まず『ひがし茶屋街』であって『ひがし茶屋街』ではない異空間に入り込み、二羽のツバメたちに茶房までの道案内をしてもらわなくてはいけない。

そして入口で、どこからともなく現れたエンとウイに迎えられる。それが一連の流れだったはずだが……。

「こういうの、ある意味『飛び込み客』っていうのかね。稀《まれ》にだけどあるんだよ」

「とにかく『会いたい』って強い想いが逸り過ぎてしまうと、こちらがその想いに追い付かないといいますか……」

やれやれと肩を落とすエンに、眉をハの字に下げるウイ。

やはりこの不思議な茶房には、晴哉の知らない秘密やルールがまだまだ隠されているようだ。

「こらこら、お客様の来訪を迷惑のように言ってはいけないよ。いらっしゃったからには、誰であれうちの大事なお客様だ。いつも通りおもてなしをしよう」

いつのまにか調子を戻したアマヤが窘めれば、彼に従順な双子は「はいはーい」「かしこまりました！」とすぐに接客モードに切り替わる。

自分は帰った方がいいのかと晴哉は悩んだが、アマヤが「晴哉くんもいていいよ」と付け足してくれたので、お言葉に甘えることにする。

あのスーツの男性の必死さに、彼がどんな人に会いたいのか気になってきていたのだ。

「……お待たせしたね。私はこの店の店主のアマヤ。お客様自身のことや、どんな相手に会いたいのか、可能な限り教えてくれるかな？」

男性の席の正面に座り、アマヤがゆったりと問いかける。

晴哉は双子たちと並んで、そんなアマヤの後ろに控えた。

男性の方も落ち着きを取り戻したようで、「先ほどは取り乱してすみませんでした……」と謝りながら、懐から名刺を取り出す。

「俺はしがない営業職のサラリーマンで、明智《あけち》と申します。この茶房の噂を会社の事務員たちから聞いて、いても立ってもいられなくなり、いつもは上がれない定時で無理やり上がってやってきました。俺が会いたいのは、この絵の中の女性でして……」

明智の四角いバッグは、いわゆるキャンバスバッグだったらしい。

出てきたのは一枚の絵画だ。

青いワンピースを着たひとりの女性が、窓辺に佇んで、こちらを向いて微笑んでいる。窓の外では強い雨が降っていて、雨天の日に室内にいる様子を描いた油絵のようだ。とてもリアルに描かれているため、遠くから見たら写真と見間違えたかもしれない。

なによりその女性がとにかく美しい。

年齢は明智と同じくらいか。艶《つや》やかなロングヘアーの黒髪に、鼻筋の通った小さな顔。アーモンド型の瞳からは、意思の強さが絵を通して伝わってくる。

大人の女性らしい百合《ゆり》の花のごとき品のよさと、まだ年若い少女の菫《すみれ》のごとき可《か》憐《れん》さを兼ね備えた、非常に魅力的な女性だ。

それに、なんだろう。

晴哉はアマヤの後ろから覗き込んで、奇妙な感覚を抱いた。

「どこか懐かしいような……」

ポツリとそうこぼしたところで、晴哉はふと、アマヤの異変に気付く。

アマヤは空色の瞳を見開いて、食い入るように絵の中の女性を見つめていた。晴哉が名を呼んでも反応せず、とても衝撃を受けているように思える。こんなアマヤを、晴哉は初めて見た。

どうしたのだろうと、おそるおそる彼の肩に触れれば、アマヤはようやくハッとしたように白髪の頭を揺らした。

「ごめんね、少し動揺してしまって」

アマヤは多くを語らず、明智に視線を戻す。

「……この絵はどちらで？」

「公園で行われていた、ナイトフリマという催しで買いました。何気なく立ち寄ったんですが、この絵の女性に恥ずかしながら、その、人生で初めての一目惚れをしまして……絵を売っていた人は描いた本人ではなく、友人の友人経由で売るのを任されただけで、絵については詳しく知らないとのことでした。ただ、描いたのは地元の画家で、絵の女性は架空《かくう》の人物ではなくモデルがいるらしい……と」

「なるほど。それで、モデルの女性にお会いしたいと？」

「アマヤさん……？」

「はい」

明智は力強く頷いた。

アマヤは明智に許可を取り、絵を受け取ってつぶさに眺めていく。保存状態だけで言えばキズもないしよさそうだが、絵の左下に入れられた日付によれば、描かれたのは五十年近くも前だった。

「このモデルの女の人さ、生きていたとしてもおばあちゃんだし、下手をしたらもう亡くなっているよな」

「……ああ」

エンが背伸びして耳打ちしてきた内容に、晴哉も同意する。

だがそんな可能性くらい、明智も承知の上だろう。きっと理屈なんて抜きにして、ただただ会いたい一心なのだ。

「あるじ様、日付の横にはサインも書かれていますね」

ウイが目敏《めざと》く発見する。アマヤは観察するように「これはおそらく雅号《がごう》だろうね」と目を眇《すが》めた。

『雅号』とは書道家や画家が本名以外につける名で、言い換えればペンネームだ。

この絵の雅号には『不香《ふきょう》』とあった。

漢字のままの意味だと『香りがない』ということか。あまりよい意味とは言えない気がする。どういう考えがあってそんな雅号をつけたのだろうと、晴哉は絵の作者にも興味を抱く。

「絵はお返しするね。こちらの椅子に置いておくよ……それで、この女性についてだけれど」

アマヤが空いている椅子に絵をそっと立て掛けて、長い睫毛に憂いを乗せる。

「この女性はもう、すでに亡くなっているよ。私にはわかるから」

「……そう、ですか。そんな気はしていました」

「だけど会わせてあげられないこともない。あなたが望むなら、この絵に描かれたときの、当時の彼女とも会わせられるよ」

死んだ人とも会えることは、田畑の件で実証されていたが、晴哉は「そんなこともできるのか」と密かに驚いた。それはつまり、過去から相手を連れてくるということだ。

明らかに落胆していた明智は、隈をこさえた目に希望を宿して「ぜひお願いします！」と食い付く。

「僕は別に、彼女とどうこうなりたいとか、よこしまな気持ちは最初からないんです。ただ一言だけ、彼女に会えるなら伝えたいことがある。それだけなんです……！　どうかお願いします！」

椅子から立ち上がって、明智は深々と頭を下げた。旋毛《つむじ》を晒《さら》すほどのお辞儀からは彼の切実な想いが窺える。

一拍おいて、アマヤが「わかったよ」と静かに告げた。

「だけど今回は条件が特殊だから、この女性に会えたとしてもほんの一瞬だ。普段ならお茶とお菓子をお出しして、お客様にお相手とゆっくり一服しながら語ってもらうところだけれど、それも難しいだろうね」

「構いません……！　一日会えるだけで僕は十分です！」

「それじゃあ、その彼女をここにお連れしよう。エン、ウイ」

呼ばれた双子は、それだけですべきことを察して、仕事にかかるため店の奥へとまた消えていく。

「彼女がやってくるまで、せめて明智さんにだけでもおもてなしをするね。ちょっと待っていて」

そう言ってアマヤも消えてしまったため、晴哉はポツリと取り残された。テーブルとテーブルの間で佇み、身の置き場に悩んでいたら、椅子に座り直した明智が「君は高校生？」と話しかけてきた。

「あっ……は、はい。高一です」

「いいね、俺は高校時代が一番楽しかった」

明智が眩しいものを見るように、制服姿の晴哉を前に目を細める。「パッと見は不良っぽいのに、制服はちゃんと着ているし真面目に通っていそうだね」とコメントしていて、営業という職業柄か観察力はありそうだ。

「将来なりたい職業とか、そういうのはあるのかい？」

「いえ、特には……」

「うん、俺もそうだった。これといってしたいことなんてなかったから、手近なところで就職したんだ。だけどそれなりに将来に希望はあって、お金を稼いで、その会社で俺にしかできない仕事をして、なにかしら人の役に立って、出世して、結婚して……普通に幸せに過ごしたいなって考えていた。だけどそういう普通の幸せっていうのも、案外手に入れるのは難しくてさ」

くたくたのネクタイを緩めながら、明智は自嘲《じちょう》する。空笑いが茶房の板張りの床に虚しく落ちた。

「会社はとんだブラックだったし、出世なんて夢のまた夢で上司には毎日怒られてばかり。結婚どころか仕事仕事で彼女もいない。転職を検討していても踏み出せなくて、毎日を鬱々《うつうつ》としながら生きていたんだ……でもさ、この絵を見つけてから、少しだけ救われて」

「救われた……？」

「絵の彼女の笑顔を見ていると、元気がもらえるんだよ。俺はこんな雨の日は、会社に行きたくないってひたすら鬱になるんだけど、彼女は雨の窓辺に立って明るく綺麗に笑っている。それだけでがんばろうと思えるんだ……こんな話、同僚《どうりょう》にでもした日には、絵の女相手に異常だとか気持ち悪いだとか、バカにされるだろうけどさ」

「お、俺はそんなことは思いません……！」

どんなものに励まされ、活力をもらえるかは人それぞれだ。明智にとってはその対象が、絵画越しの女性だったというだけで。

テレビの向こうの芸能人や、漫画のキャラに懸想《けそう》することだって似た感覚だろう。なにもバカにされることではない。

晴哉が拙くそう伝えれば、明智は「君は優しいな」と笑う。

「彼女のおかげで気持ちも前向きになって、いまは転職活動をようやく始めていてさ……この先どうなるかはわからないけど、失くした希望が湧いてきているんだ。だから俺は、彼女に会ってどうしても……」

「おや、盛り上がっているね」

相変わらず絶妙なタイミングで、お盆を持つアマヤが戻ってきた。

本日の飲み物は、いつぞやのタンポポ茶ではなくノーマルなブラックコーヒー。お菓子は軽くつまめるチョコレートのようだ。

チョコレートは小粒でコロコロと丸く、上品な光沢からは高級感が醸《かも》し出されている。

「このチョコレートは、実は日本酒入りでね」

「お酒のチョコですか」

アマヤは「晴哉くんはまだ食べちゃダメだよ」と露骨に子供扱いをしてくる。いや、実際に食べてはいけないのだが、晴哉としてはなんだか悔しかった。

アマヤはチョコレートの器を、スッと明智に勧める。

「使っているのは金沢の地酒《じざけ》だよ。金沢は水が綺麗だから、全国屈指の酒どころとしても有名だ。お酒好きの人にも楽しんでもらえるチョコレートかと」

「ああ、いいですね。俺もなかなかの酒好きなんですよ。特に日本酒はいい。上司に怒られた日は、ひとりで愚痴《ぐち》を垂れながら晩酌《ばんしゃく》するのに尽きるんだよなあ」

明智が骨ばった指で、五粒あるチョコのうちの一粒を、手でつまんで口に放り込む。

咀嚼《そしゃく》してすぐに「おおっ！」と目を輝かせた。

「これは美味しいですね！　濃厚なチョコレートの中から、とろりと出てくる日本酒の深い味わいが贅沢だ！」

「ほろ苦いチョコっていうのも乙《おつ》だよね」

「これぞ大人の楽しみです」

明智とアマヤはわざとなのか無意識なのか、晴哉相手に大人マウントを取ってくる。

二十歳になったら日本酒は絶対に試そう……と、晴哉は心に誓った。

「あるじ様！　連れてきたぜ！」

明智が四つ目のチョコを食べようとしたところで、エンがスパンッ！ と入口の戸を開けて威勢よく帰還した。後ろではウイの声もして「足元には気を付けて……」と誰かを案内している。

誰かとは、あの絵の女性だろう。

――現れた彼女は、まさに絵から抜け出してきたようだった。

長い黒髪が柔らかに靡《なび》き、アーモンド型の瞳がランプシェードの光の下でキラリと輝く。服装も絵に描かれていた青のシンプルなワンピース姿で、華美すぎない装いは、彼女の清楚《せいそ》な美貌《びぼう》によく似合っていた。

「これは夢なんけ？ ずいぶんと面白い夢ね」

少し高めの声も、澄んでいて綺麗だ。

彼女も金沢の人間だったらしい。ちょっぴり方言が交ざる話し方は、美人なのに気さくな印象を抱かせる。

「あ……あ……ほ、本当に彼女だ……」

明智は感動のあまりかチワワのようにプルプルと震え、チョコを手から取り落とした。床に転がったそれをすかさずウイが拾い上げる。もったいないがアレはもう食べられないだろう。

「この可愛らしい双子さんから聞いてん。私がモデルをした絵を見て、私に会いたがっている人がいるって……ああ、あれやね」

物怖《ものお》じを一切しない彼女は、夢だと双子に言い含められているためか、特に警戒もせず椅子に立て掛けられた絵に近付く。

そして桜色の爪で、ツッとキャンバスの縁をなぞった。

「この絵ね、知人の画家のお弟子さんが描いたんやわ。モデルは頼まれて引き受けただけやけど、気に入ってくれたんなら、たとえ夢の中でもモデルとして私も嬉しいわ。持ち主はどなたけ？」

「お、俺……です」

椅子からフラリと腰を上げて、そろそろと手を挙げる明智。彼の方がよほど夢を見ているような呆けた調子だ。

そんな明智に向けて、女性はふんわり微笑む。

絵とまったく同じ笑い方で。

「あんやとね、この絵を気に入ってくれて」

「ち、違う……お礼を！　お礼を言うべきなのは俺の方です！」

明智は声を張り上げる。

「俺はこの絵の、あなたの笑顔に救われました！　辛い毎日でも、なんとか踏ん張ろうって、あなたに元気をもらいました！　だからあなたに会って、どうしても一言『ありがとう』と伝えたかったんです！　それで、だから、ええっと……！」

テンパる明智に、晴哉はここで澪と再会したときの自身を思い起こす。

明智はいま、あのときの晴哉と同じで、相手に会えたことだけで満たされてしまい、上手く言葉を紡げないのだろう。

「しっかりしろよ！　いい大人だろう！」

「れ、冷静にお話ししましょう！」

双子はそれぞれ左右から、野次なのかエールなのかわからない掛け声を明智に飛ばしている。

女性は明智の熱意に少々びっくりした様子だったが、次いで口元に手を添えて「一番お礼を言われるべきは、本当は絵の作者さんやろうね」とおかしそうにクスクス笑い声を立てた。

笑うと下がる目尻や仕草、真水《まみず》のように澄んだ声。

それらが晴哉に与えるものは、やはり絵を目にしたときに覚えた、胸を突くようなたまらない懐かしさだ。

「あら？　あなたは……」

女性の瞳が不意に晴哉を捉える。

ドキリと、晴哉の心臓が跳ねた。

「私とあなたって、どこかで会ったことあるけ？」

「しょ、初対面のはず、です」

「そうやよねえ」

女性はうーんと首を傾げている。

晴哉が抱く奇妙な感覚に近いものを、女性もまた抱いているようだ。

だがそれを掘り下げている余裕はなく、アマヤが「ごめんね、時間切れだ」と眉尻を下げて、明智が座る席とは別のテーブルに加賀棒茶の入った湯呑みを置く。そして女性をおいでおいでと手招いた。

「来てもらって早々で申し訳ないけど、この夢はここでお仕舞いなんだ。このお茶を一杯飲めば、もとの現実に戻れるよ」

「なんや、慌ただしいじ。せっかく楽しい夢やったのに」

「……私も名残惜しいけどね」

アマヤがお客に対して、個人的な感情を明かすことは珍しい。

憂い顔のアマヤに促され、女性はウイが引いた椅子に座った。

だけどいっこうに湯呑みには手を伸ばさず、「茶房なんやったら甘いお茶請けも欲しいわ」などとぼやいたので、アマヤは残り一粒になったチョコの器を持って「いるかい？」と尋ねる。

「頂けるんなら頂くわ」

しなやかな女性の指がチョコに伸び、そのチョコは赤い舌の上に消えていく。

美味しかったのだろう、満足そうに唇をつり上げてからやっと、彼女は湯呑みを持って傾けた。

女性が消える直前、晴哉と目を合わせて「またね」と唇が動いたように見えたのは、晴哉の気のせいだったのかもしれない。

「ああ……俺は本当に、彼女に会えたんだな……」

女性が消えたあとで、明智は絵を大事そうに抱えてちょっと涙ぐんでいた。

エンが「アイドルに認知されたファンの反応って感じだな」なんて台無しな例えをして、ウイが「認知されるのはすごいことだから仕方ないよ！」とフォローになっていないフォローを入れ、そこで茶房にはやっといつもの雰囲気が戻ってくる。

「この度はお世話になりました……今日のこの出来事は一生忘れないです。この絵はこれからも大切にしますし、転職活動もがんばります」

絵をキャンバスバッグに片付けた明智は、晴れ晴れとした顔をしていた。

瞳には活力が宿っていて、これなら転職もきっと成功するだろう。

「ふう……」

茶房から出ていく明智を見送ってから、アマヤは小さく息を吐く。その顔色がまた悪くなっており、茶房に来たときは明智の勢いに押されたせいかと思っていたが、別の理由がありそうで晴哉は心配になる。

「アマヤさん、もしかして体調がよくないんじゃ……」

「いいや、大丈夫だよ。力を使いすぎて疲れただけだから」

アマヤはそう言うが、晴哉はその答えで逆に、やはり他の理由があるのだと確信した。

「あるじ様……今日はもう店を閉めましょう」

「ああ、仕方ねえ。もうすぐ『あの日』だからな」

双子が労《いたわ》るように、藍色の裾を翻してアマヤの傍《かたわ》らに寄り添う。

エンの発した『あの日』とはなんなのか、晴哉は問いたかったが、双子にすら聞ける空気ではなかった。

一線を引かれていると、そう強く感じる。

「心配しなくていいよ、晴哉くん。すまないね……気を付けてお帰り」

いつものように穏やかな笑みを湛えたアマヤに、晴哉は得体の知れない胸騒ぎを覚えながらも、その場は大人しく退かざるを得なかった。

＊

「……おい！　おい、陽元！　陽元ってば！」

「うわっ」

朝のホームルームが終わり、教室内は次の授業の準備でざわついている。音楽の授業だから教室を移動しなくてはいけないのだ。そんな中、晴哉はいっこうに動かず、机に頬杖をついて考え事に耽っていた。

青空を流れる雲に視線を遣っていたので、正面に山口が来たことにも気付かず、声を掛けられて飛び上がる。

「びっくりした……悪い、ぼうっとしていた」

「だろうな。なんだよ、好きな女子のことでも考えていたのか？」

「べ、別にそういうのじゃ……！」

一瞬、澪のことが脳を過るが断じて違う。

晴哉が考えていたのはアマヤのことだった。

三日前、明智が来店した日のアマヤは明らかに不調で、晴哉はどうにも気がかりだった。だけど再度彼の様子を確認したくとも、あの日から連日の快晴。今日も降水確率はゼロパーセントだ。

山口は「女子に現《うつつ》を抜かすのもいいけどよ」と、晴哉の肩をポンと叩く。

「陽元がホームルーム中もぼんやりしていたから、俺がさっきお前宛の伝言を雪じいからもらってきたぜ」

「伝言？」

「陽元、今日の日直当番だろ？　昼休みに飯食ったら美術準備室に来て、備品の整理を少し手伝って欲しいってさ。たまにだけど日直にやらせるんだよなあ。人使い荒いから気を付けろよ」

山口も前回やらされたらしい。彼の場合は授業中の居眠りの罰も兼ねて、人一倍こき使われたそうだ。横暴だなんだと文句を言っている彼に、晴哉は苦笑しながら伝言の礼を述べた。

それから訪れた昼休み。

晴哉は購買で買った焼きそばパンとメロンパンを完食してから、美術準備室に顔を出した。

「雪代先生、失礼します」

「来てくれたか、陽元。まずはこれからな」

雪代はすでに待機していて、さっそくあれこれと頼まれる。

準備室は両壁にスチールの棚が配置され、ものが多いわりに狭く、絵の具やニスなどが融合した独特の臭いが鼻をついた。

使わないイーゼルを畳んで棚に上げる晴哉に、雪代は絵の描かれたキャンバスのチェックをしながら「それ終わったらこっちも頼む」と追加注文をしてくる。

「すまないなあ、いっぱい働いてもらって」

「いえ……片付けはわりと得意なので」

晴哉は整理整頓といった作業はアマヤのところで慣れっこだ。これに比べたら、あちらの方が雑多すぎてよほど酷い。

テキパキ動く晴哉に雪代は感心している。

「この絵たちも棚の上に載せればいいんですか？」

「ああ。僕がやると腰に響いてな」

「む、無理しないでください……これは生徒が描いた絵ですか？」

壁や棚に無造作に立て掛けられたキャンバスの油絵は、人や動物や自然とテーマは様々だが、どれも写実的で見事な出来だ。

雪代は「いや、生徒ではないな」と首を横に振る。

「それらは全部僕の作品だよ。生徒の作品ならもっと大事に扱うさ」

「えっ……そうなんだ。すごいな。この馬なんていまにも動き出しそうだし、こっちの花だって目の前に咲いているみたいです」

「ははっ、陽元はまだ芸術がわかるみたいだな。山口なんて絵を見ても『ふーん』しか言わなかったぞ」

雪代は褒められて嬉しそうだ。

晴哉は間違っても汚さないように気を付けながら、馬が野を駆ける絵を手に取る。

ふと、そこで見つけてしまった。

「『不香』……」

——絵の左下。

そこに日付と共にあったのは、三日前に茶房で見たものと同じサインだ。

「ああ、それか？　それは僕の雅号だよ。『不香の花』から取ったんだ」

「『不香の花』って……？」

「『雪』を意味する言葉だよ。雪を花と見立てて、『香りのない花』って例えたらしい。ほら、僕の名前ってふたつも『雪』が入っているだろう？　聞いたときに綺麗な日本語だなって思ったから、本名にちなんでそう名付けたんだ」

『不香』という雅号の画家は、目の前にいる雪代だった。

言われてみれば、ここにある絵のタッチや描き方は、どことなく例の絵と似ている。念のため、明智が所持する例の絵の特徴を挙げて雪代に確認を取れば、「五十年も前に描いた絵を、なんで陽元が知っているんだ？」と驚かれた。

「僕がまだ十代で、高校一年生くらいだったから……陽元と同い年くらいの頃に描いた絵だぞ」

「俺と同じ年齢であんな見事な絵を……」

改めてそう言われて、晴哉は雪代の腕に感服する。

「どこで絵を見たんだ？」

「あー……ええっと、知人が持っていて、たまたま機会があって見せてもらったんです」

「ああ、なるほど。そういうことか。結婚する際に、古い作品は売ったり譲ったりしたからなあ」

雪代は既婚者だ。

なかなかの恐妻家《きょうさい》らしく、彼はときどきネタとして、その尻に敷かれっぷりを生徒に面白おかしく語っている。

「あの絵だけは手放すつもりはなかったんだが、妻が間違って地元の絵画商に売ったんだったか。すぐに買い手がついて、取り戻すこともできなくなってな。珍しく妻にしおらしく謝られたよ。ただ、妻を想うなら手放して正解だったかもな」

「どういう意味ですか？」

「……ここだけの話な？　あの絵に描いた女性は、僕の初恋の相手なんだよ」

「えっ」

照れ臭そうに、雪代が頬をかく。

「僕の絵の師匠に当たる人と、その女性が知り合いで、師匠が絵のモデルとして彼女を紹介してくれたんだ。それまで恋愛に興味なんて一切なかった僕が、まさかの一目惚れ。あのときは衝撃的だったなあ」

明智に雪代、どちらも一目惚れさせるとは。

だが実際にあの女性を前にした晴哉は、秒で恋に落ちるのも仕方ないと思えた。彼女は容姿が美しいだけではなく、人を惹き付ける天性の魅力がある。

「だけど彼女はあくまでモデルとして来ただけだし、プロフィールは一切知らされなかった。僕も緊張して描くことに集中していたから、ろくに会話もできなくて、彼女の名前すら聞けなかったよ。師匠に聞いてもよかったんだが、それも無粋《ぶすい》な気がしてさ……でも確かに、あの人は僕の初恋だった」

明智もだが、その淡すぎる想いは、相手に見返りを求めるような熱量のある恋とは違うのだろう。

晴哉には理解できるようなできないような、ほんのり大人な感情だ。晴哉が食べられなかった、お酒入りのチョコレートのような。

「ああ、そうだ。展示会に出すときに、プロのカメラマンに撮ってもらったあの絵の写真があるぞ。そっちも確認しとくか？　これで陽元の見た絵とまったくの別物だったら、僕は恥ずかしい昔話を暴露しただけになるしな」

「ははっ……そんなことはないと思いますけど」

そう、さすがにそんなことはなかった。

雪代が棚を漁って、取り出したポートフォリオには、ちゃんとあの女性の絵の写真が納められていた。

雪代は眩しいものを見るように、丸眼鏡の奥の瞳を細める。

「思い返しても綺麗な人だったよ。はっきりとした存在感があって、雨の窓辺に立つとそれが際立つから、この構図にしたんだよな。黒髪のロングヘアーも、水玉模様のワンピースも、彼女によく似合っていて……」

「水玉模様？」

晴哉はあれっ？　と首を傾げた。

茶房で会った彼女も絵の中の彼女も、同じ青いワンピースを着ていたが、特に柄《がら》はなく無地だったはずだ。

「ああ、パッと見だとわかりにくいかもしれないな。じっくり目を凝らせば、このワンピースには薄く水玉模様が入っているんだ。僕は隅々まで観察して、柄もしっかり絵で再現したんだぞ」

雪代が「ほらよく見ろ」と、ポートフォリオを晴哉に押し付ける。

受け取って確認すれば、確かに青いワンピースは水玉模様入りだった。実在の絵も、なんだったら実在の彼女が着ているところも見たというのに、服の方に関心が向いていなかったため、晴哉はまったく気付かなかった。

「というか、このワンピースの布って……」

それは『あるもの』に使われている布と、ピタリと一致した。その『あるもの』とは、晴哉のスクールバッグについている『お守り』だ。

――そこで、晴哉の中ですべてが繋がった。

「……おばあちゃん」

雪代には聞こえないくらいの、吐息のような小声を落とす。

おそらく間違いない。

あの女性は、若い頃のかさねだ。

晴哉が小学校に上がるときに、かさねからもらったお守りは、彼女の古い服の布を使って作られたと聞いた。一度かさねだと思って脳内で照合すれば、顔立ちに面影はしっかりある。

なにより女性と対面したときに感じた、たまらない懐かしさ……その理由がやっとわかった。

かさねも晴哉のことは、未来で生まれる孫だとはさすがにわからずとも、きっと他人ではないなにかを感じ取っていたのだろう。

「陽元？　急にぼんやりしてどうした？」

「あっ、ああ、いえ……」

どうしようかと数秒悩んだが、雪代には余計なことは言わない方がいいかなと判断した。

それこそ、彼の言うように無粋だ。

晴哉は最後にかさねの笑顔を目に焼き付けて、ポートフォリオをパタリと閉じた。

茶房で消える前に、かさねが囁いた「またね」という言葉には、深い意味などなかったのだろうが……。

彼女にとっての、未来でまた。

晴哉は心の中でだけそう呟いて、準備室の整理を再開した。

# 最終章

『じゃあ、来月の百万石まつりで、ハルくんはお店側なのね！　いいなあ、カッコイイ！　すごい！』

電話の向こうで、澪が声を弾ませる。

「お店側って言っても、俺は友達の手伝いだけどな」

『それでも働くのってすごいよ。私はさすがに、厳しいお母さんが丸くなったっていっても、アルバイトの許可まではまだもらえないし。ちょっと羨ましいくらい』

夜に行われる恒例の、澪との電話での近況報告会。

ベッドに腰掛けてスマホを耳に当てながら、晴哉は「澪ちゃんも働いてくれるなら、山口は喜ぶだろうけどな」と返す。

『山口くん？　その人がハルくんのお友達？』

「うん。いい奴だよ」

『そっか。ハルくんにいいお友達ができてよかった！』

顔は見えずとも、澪がにっこりと可愛く笑って、我がことのように喜んでくれているのが晴哉にはわかった。

気恥ずかしさを覚えながら、晴哉は頬をかく。

『うーん……でもそれなら、やっぱり私もその時期に行こうかな』

「行くって……？」

『金沢！　実は金沢にいる親戚《しんせき》の叔母《おば》さんから、そろそろ顔を見せに来て欲しいって言われていてね。でも家族で行こうにも日程の調整が難しくて、私ひとりでも近々、そっちに行こうかなって考えていたの』

澪が来る？

金沢に？

それは晴哉にとっても朗報で、まさかまさかの嬉しい展開だ。

『せっかく行くなら、お祭りに合わせた方が楽しめるかなって。ハルくんにも会いたいな……会ってくれる？』

「も、もちろん！」

上擦った調子でそう言えば、澪がふふっとくすぐったそうに笑う。

晴哉は風呂上がりなこととは関係なしに、なんだか顔が火照《ほて》って熱くなった。きっと自分はいまみっともない顔をしているから、このときばかりは電話越しでよかったかもしれない、と安堵した。

『私の方はたぶん、金曜日の学校が終わり次第、すぐに北陸新幹線でそっちに向かうことになるかな。叔母さんの家で二泊して、東京に帰るのは日曜日の夕方頃になると思う。私が金沢にいる間、できればハルくんと一緒にお祭りを回りたいんだけど、難しそう？　お店の手伝いで忙しい？』

百万石まつりは、金、土、日の三日間をかけて行われる。

メインイベントである百万石行列がある土曜日は、特に大盛り上がりで賑わいが凄まじく、出店の数も一番多い。晴哉は山口から土日の両日で手伝いを頼まれているが、土曜は覚悟してくれと言われている。

ただ日曜日なら、山口にあらかじめ相談すれば、中抜けして澪と会う時間くらいは確保できるだろう。

その旨を伝えれば、澪は『じゃあ、日曜日はふたりでお祭りね。約束だよ？』と念を押した。

『楽しみだなあ、急いで新幹線のチケット取らなきゃ。百万石行列を一緒に見られないのはちょっと残念だけど……日曜日にハルくんと会う約束をするなんて、子供の頃みたいじゃない？』

「よく山の中で集合していたもんな」

『いまは東京のコンクリートジャングルにいるから、あの自然が恋しいかも。金沢ってわりと都会なのに緑が多いよね。なにより今度こそ、あの不思議な茶房の外で、ハルくんと再会できるね』

「……そうだね」

そこで澪は母親から呼ばれたようで、今夜の通話はここで終了になった。

最後に茶房の話題が出たことで、晴哉はベッドの枕側に位置する窓に視線を遣り、くしゃりと表情を歪める。

連日の快晴はまだ続いていて、晴哉は明智の来店日以来、今日を入れてもう六日も『あまやどり茶房』に行けていなかった。梅雨入り前の太陽をありがたく拝むべきなのだろうが、アマヤの体調が気になる晴哉にとっては歯痒いだけだ。

「でも、明日は待ちに待った雨だしな」

天気予報では、明日はようやく午後から傘マークが出ている。

放課後になったらさっさと下校して、『ひがし茶屋街』に足を運ぼう。

そう決めて、晴哉はアマヤや双子たちのことを想いながら、何度となくスマホで降水確率をチェックするのだった。


そして翌日の夕方。

晴哉は約一週間ぶりに、制服姿で『ひがし茶屋街』を訪れた。

ほんの少し間が空いただけで、長らくここに足を踏み入れてなかった気がする……。

そんなことを考えながら、出格子に挟まれた石畳を歩く。

久方ぶりの雨は小降りだ。

傘を叩く雨音は、弱々しく一定のリズムを刻んでいる。

「……ね？　だから、『あまやどり茶房』なんて存在しないって言ったでしょ」

ふと、和もの雑貨の店を通りすがろうとした際、そんな声が雨音に紛れて晴哉の耳に届いた。

いままさに行こうとしている茶房の話題に、思わず足を止める。

店先ではセーラー服を来た女の子がふたり、軒下に並んでボソボソと会話を交わしていた。類のないオレンジ色のスカーフには晴哉も見覚えがあり、近隣の学校に通う中学生とわかる。

「でも……家出したお兄ちゃんにどうしても会いたくて……私にはもう、噂の茶房に頼るしか……」

「気持ちはわかるけど、あれだけ探しても見つからなかったんだよ？　いい加減に諦めなって」

盗み聞きなどよくないとわかっていても、晴哉はつい気になってしまい、隣のカフェの看板を眺めるフリをして耳をそばだてる。

聞こえてくる情報から察するに、大人しそうな三つ編みの子が茶房を求めていて、それに勝ち気そうなショートヘアの子が付き合ってあげた、といったところか。『家出したお兄ちゃん』という単語から、三つ編みの子は複雑な事情を抱えていそうだ。

「ネットで拾っただけの胡散臭い話だよ、『会いたい人に会える茶房』とか」

「わ、わかってるけど……」

「もう帰ろう？　そろそろバスの時間だよ」

「ごめんね、私はもうちょっと残って探すよ。先に帰ってくれても……」

「もう！　とにかく今日は一緒に帰るよ！　探すのはまた付き合ってあげるから！」

渋る三つ編みの子の手を強引に握って、ショートヘアの子は片手でバッと傘を開くと、バス停の方向へと駆け出してしまった。

消えた彼女たちの会話を反芻《はんすう》して、晴哉は思案する。

冷やかし客はお断りだが、本当に心から会いたい人がいるなら、『あまやどり茶房』は雨の茶屋街で、必ずその姿を現してくれる。

あの三つ編みの子の望みはかなり切実そうであったし、アマヤたちが迎えるべき客な気がしたが……。

「……今日は先客でもいるのかな」

晴哉はアマヤに会ったら、自分からもあの三つ編みの少女のことは話しておこうと思い、止めていた足を動かす。

だけどすぐに、数歩ほど進んでまた止めることになった。

「いつもなら……もうあの異空間にいる頃だよな……？」

誰に言うともなく問いかける。

異空間どころか、とっくに茶房に着いてもいい頃だ。

しかし晴哉の視界に広がる風景は、多くの人が行き交う、誰もが知る金沢の『ひがし茶屋街』のままだった。

「嘘だろ……」

傘を傾けて空を仰げば、雨は確と降っている。

それなのに『あまやどり茶房』は現れそうにもない。

なんで、どうしてと混乱しながらも、まるで最初に茶房を探したときのように、晴哉はめげずに茶屋街を歩き回る。小声でアマヤたちの名を呼んだり、二羽のツバメの姿を探したりもした。

けれどいっこうに見つからず、歩き疲れただけで陽が沈み出してしまう。

「エン、ウイ、アマヤさん……なんで」

小雨を受けて店先の灯りが幻想的にぼやける。

その灯りを見つめて、晴哉は途方に暮れた。

結局この日――『あまやどり茶房』は、晴哉を招き入れてはくれなかった。

「はあ……」

帰宅して早々、制服のネクタイを緩めることすらせず、晴哉は深い溜息と共にベッドへと身を投げた。

暦はすでに六月。

今日は金曜日で、晴哉の参戦は明日からだが、すでに金沢の街を挙げて『百万石まつり』は始まっている。

今日までの間、天気は晴れ模様と雨模様を繰り返しており、晴哉は雨の日は必ずと言っていいほど『ひがし茶屋街』に『あまやどり茶房』を探しに行った。

しかしながら成果はゼロ。

今日なんかは夕方に小雨が降るとの予報だったので、放課後に茶屋街へ向かったわけだが、雨粒ひとつ垂れず空振りに終わった。探しても茶房が現れないばかりか、ここにきて天候にまで拒絶されているようで、さすがに晴哉も落ち込んでしまう。

「もう俺には、茶房に行く資格がないってことなのかな……」

やはり部屋の片付けなんていう簡単な貢献で、通い続けるのは厚かましかったか。

それともその片付けが、晴哉が思うほど役に立っていなかったか……。

「い、いやいや」

ネガティブが顔を出すが、首を横に振って持ち直す。

いきなり行けなくなったのだから、きっとあちら側に異常が起きたのだ。

それに晴哉だけでなく、茶房探しの合間に何度か見かけたのだが、あの中学生の女の子も茶房にはいまだ行けていないようだった。自分と同じで諦めずに探し続けている彼女にも、希望が生まれて欲しいと願う。

「やっぱり、アマヤさんの具合が悪そうだったのが原因なのかな……エンが言っていた『あの日』ってのも、もしかして関係あるのか……?」

独り言として声に出すことで、頭の中を整理していく。

確かエンは、『あの日』とやらが近付いたらアマヤは体調を崩す、みたいなニュアンスで喋っていた。

きっとなにか、アマヤにとって重要な出来事が起きた日に違いない。

「重要な出来事……そういえば昔、俺が大雨の中で死にかけたのって、百万石まつりのやっている日曜だったよな。前日の土曜はすげえ晴れていたのに」

雨天日の多い金沢だが、おかしなことに百万石行列が行われる日は大抵晴れる。その年の土曜日もカラッとした晴天だった。当時の幼い晴哉は、行列を直接見に赴いたわけではなかったが、中継されている様子をテレビでかさねと見ていたので、よく覚えている。

だからあの青空が次の日に一転、あんな凄まじい土砂降りになると思っていなかったのだ。

「山で死にかけて、『オトメちゃん』には会えなくて、おばあちゃんにはしこたま怒られてって……散々だったよな」

上着が皺《しわ》になるのも構わず、シーツの上でゴロリと寝返りを打つ。

あれはどちらかといえば思い出したくない黒歴史だ。

「どうやって助かったのか、いまだにわからないし……ふわぁ」

間の抜けた欠伸《あくび》がこぼれた。

思考がアマヤのことからズレてきているとは自覚していたが、徐々に疲れで眠くなってきた晴哉には、軌道修正は難しそうだった。それどころか瞼が容赦なく落ちてくる。

ただ茶屋街を普段より歩き回っただけといっても、目的地が見つからない不安は疲労になり、緩やかに積み重なるものだ。

「ヤバいな……明日は山口の出店の手伝いなのに……」

いまのうちに疲れを取っておかなくては……と思ったが最後、晴哉はあっさりと睡魔に負けていた。

そして――彼は夢を見た。

寝落ちする前に考えていたからだろうか、まさしく幼い頃、大雨の山の中から運よく助かった日の夢だ。

傷だらけの幼い晴哉は、誰かに背負われている。

濡れた肩には手触りのいい布が……羽織だろうか？　それがかけられていて、体を預ける広い背中は大きく、ひたすら温かかった。

『ああ、あなたがハルを助けてくれたんやね……！』

うっすらとかさねの声がする。

晴哉を背負う人物はかさねと喋っており、ここはかさねの家の玄関のようだ。

このとき、晴哉の意識は山の中で気を失ってから、一度ふっと浮上し、そのまま夢現をさ迷っていた。だから聞こえる声も狭い視界も、すりガラス越しのようにところどころ不明瞭だ。

『あなたがおらんかったら、ハルはどうなっとったことか。よかったわあ、無事で……あんやと、あんやと』

雪代の描いた絵のように若くはない、歳を刻んだかさねの顔はくしゃくしゃで、晴哉を救ったであろう相手に何度も頭を下げていた。

『なにかお礼をさせてくれんけ』

『いらないよ。君にはいつも美味しいお菓子を頂いているからね』

耳通りのいい、穏やかな笑い声が耳朶《じだ》を撫でる。

『あなたみたいな別嬪さんに、お菓子なんて渡したこと……いや、もらったことならあるわ。夢の中やけど』

『おや』

『昔々に見た夢で、あなたにそっくりな人と会ったわ。面白い夢やったからしっかり覚えとる。意外と夢じゃなかったんかもしれんねえ……あなた、お名前は？』

『私の名かい？　私は──』

──そこで、晴哉はパチリと目を覚ました。

「あれって……でも、まさか」

ベッドから起き上がって、頻《しき》りに瞬きを繰り返す。

傍らに転がるスマホを見れば、寝ていたのはほんの一時間程度のようだ。

それでも上着もネクタイも案の定、見事に皺になっている。母に見つかったら怒られそうだ。だけどいまの晴哉にそれを気にかけている余裕はなかった。

ここにきて、過去と結び付くひとつの可能性が出てきたから。

「もしあの人がそうだったとしたら……けど……ん？」

ブツブツと呟きながら、起き抜けでもどうにか頭を働かせようとしていたら、スマホにメッセージが二件来ていることに気付く。

友達の少ない晴哉にメッセを送る相手など、自《おの》ずと限られてくる。

ひとつ目は山口から。

『明日はよろしく頼むな！　お前、自分の極悪目つきで接客していいのかとか悩んでいたけど、うちの親父の方がクマみたいで怖えから！　あだ名《こえ》はそのままクマだから！　気にせずがんばろうぜ！』

ふっと、晴哉は笑う。手伝う仕事の詳細を聞かされているとき、ポロッと零した晴哉の懸念を、山口はバッチリ覚えていたみたいだ。

前日に気を遣って励ましを入れてくるとは、雪代も話していたが、山口は本当に人のことをよく見ている。

次いで、ふたつ目は澪から。

『ついさっき、金沢に着いたよ！　久しぶりの金沢駅！』

メッセージにはセットで、金沢駅の東口にある鼓門《つづみもん》を背景に、澪が自撮りでピースサインをする写真が添えられていた。

『鼓門』とは名の通り、鼓の形をした巨大な門だ。金沢駅のシンボルとして聳《そび》え立っており、東京から戻ってきた澪からすれば、あの門に『金沢へおかえり』と迎えられた気分になっていることだろう。

また写真には、明日の百万石行列に備えて、準備をしているらしい人たちも見切れていた。百万石行列の出発セレモニーは、毎年鼓門の前で行われるのだ。そして門を出て、『金沢城』に入城するまでパレードは続く。

ふたりからのメッセージによって、晴哉は落ちていた気分がどんどん上を向いていくのがわかった。

「……答えの出ないことで悩むより、いまはこっちに集中した方がいいよな」

悩むのはこの祭りが無事に終わってからだ。

祭りのあとには今度こそ、なにがなんでも『あまやどり茶房』を見つけに行こう。

そして必ずアマヤに会って……すべて聞いてみよう。

自分にそう言い聞かせて、晴哉は順番に返信を打っていった。

＊

迎えた土曜日は例年通り、まさにパレード日和《びより》な青空だった。

出店も多種多様に出揃っている。

晴哉はまず、山口の父に初対面の挨拶をしたが、山口がメッセに書いた『クマ』という情報の通り、本当にクマだった。いや、クマみたいな容姿をした人だった。

晴哉の目つきなど可愛いものに感じる大柄な強面《こわもて》で、不良と名高い（完全に誤解だが）晴哉に、山口が怯まなかった理由のひとつは父にあるだろう。

だが見た目に反して温和な性格で、「昭己と仲良くしてくれてありがとうなあ」と晴哉の手をぎゅっと握ってくれた。

そんな彼が出店で出したのは、『金沢カレー』をベースにした一品。

金沢を代表するB級グルメである『金沢カレー』は、どろりとした濃厚なルーに、付け合わせの千切りキャベツ、ソースのかかったカツなどを載せるのが特徴だ。

晴哉も食べた山口父のカレーはすこぶる美味しく、客入りも好調だった。

山口は「陽元が接客しても大丈夫！」と太鼓判《たいこばん》を押してくれたが、やはり人当たりのいい山口が前に立った方がいいと判断し、晴哉は裏方作業に徹した。カレーを盛り付ける手際はどんどんよくなっていったと自負する。

遠くの方に百万石行列の祭囃子《まつりばやし》を聞きながら、ひたすら目の前の仕事に打ち込んだ。

一番大変な土曜日を滞りなく乗り切れたので、まずは一安心だ。

そして翌日。

前日に比べると曇り空だが、天候は悪いというほどでもない。

晴哉は山口に事前に許可を取って、澪と会うために昼過ぎの二時間ほど、店を中抜けさせてもらうことになっていたのだが……。

「おいおいおい、お前『知り合いに会う』って、幼馴染みの女の子かよ！　そういうことは先に言えよな！　なんだよ、もしや遠距離恋愛中の彼女か⁉」

「だから違うって！　ただの幼馴染みだよ！」

店を抜ける直前で、うっかり澪について口を滑らせてしまったため、晴哉はただいま絶賛にやけ面の山口に絡まれていた。

「いいなあ、俺も可愛い幼馴染みの彼女が欲しいぜ」

「話聞いてないだろ、彼女じゃない！」

「はいはい、ただの！　幼馴染みな！　写真とかないのか？」

「あ、あるけど……見せないからな」

「なんだよー、ケチかよー」

出店のテントの奥で、客足が途切れたのをいいことに、山口は「写真を見せろ」と迫ってくる。澪が鼓門の前にいる写真があるといえばあるが、見せたら見せたで絶対にうるさい。

ちなみに山口父は真剣な顔で寸胴鍋《ずんどうなべ》のカレーをかき混ぜていて、息子の暴走を止めてくれそうにはなかった。

そろそろ澪との待ち合わせの時間も近いので、なんとか躱《かわ》さなくては……と晴哉が焦っていたら、「あの、すみません」とちょうどお客さんが来てくれた。

「はい！　いらっしゃいませ！」

商魂《しょうこん》たくましく、真っ先に反応したのは山口だ。頭にタオルを巻いた状態で、キラッキラの営業スマイルを携えて対応に出る。

晴哉も咄嗟にお客さんを見たが、次いで鋭い目を大きく見開いた。

「えっ⁉　澪ちゃん……⁉」

やってきたのはまさかの澪だった。

奥から急いで出てきた晴哉に、澪は小さく手を振る。

「早めに着いちゃって、ハルくんが記念公園のカレー屋さんにいるって聞いていたから、お店を探してみたの。ここかなって覗いてみたら、いてよかった」

出店エリアは三ヶ所あって、独特な神門《しんもん》で有名な『尾山神社《おやまじんじゃ》』の中と周辺、『金沢城、内、そしてここ『いしかわ四高記念公園』だ。街の中心部にありながら、芝生が茂る緑いっぱいの公園は、たくさんの出店が並んでもまだ広々とした印象を受ける。

今年はカレーの出店は少ないようで、テントの上に掲げた、目立つ黄色い看板の『激旨カレー』の文字は、発見しやすかったと澪は言う。

「もうお仕事は抜けられそう？」

「う、うん。というか澪ちゃん、その格好……」

「叔母さんに借りたんだ。似合う？」

お祭りらしく、澪は浴衣《ゆかた》を着ていた。

白を基調とした、紫と青の紫陽花《あじさい》が点々と咲く浴衣は、しっとり大人びた雰囲気を演出している。浅葱色《あさぎいろ》の帯も色合いが綺麗だ。

結い上げた髪には白い花の簪《かんざし》。足には下駄。澪のチャームポイントである目の下の三連黒子は、うっすら化粧をしているのかいまは隠されていた。

「おい、陽元の幼馴染みちゃんなんだろう、この子？　めっちゃ可愛いじゃん！」

晴哉が感想も返せず見惚れていたら、黙って様子見していた山口が、我慢できずに横槍を入れる。

結局、澪のことはバレてしまった。

「こんにちは、俺は山口っていって、陽元の学校の友達だ！」

「聞いているよ、山口くんだよね。私はハルくんの幼馴染みで、早乙女澪っていいます」

コミュ力の高いふたりはあっさりと打ち解けている。

山口が「ハルくんって呼ばれているんだなあ、お前」と、にやけ面を三割増しにしてくるのに耐え切れず、晴哉は逃げるように澪の手を取って店を出た。

後ろからは「楽しんでこいよー！」と山口が笑う声がする。

「あ、あの、ハルくん」

「ごめんな、山口はいい奴なんだけど、ちょっとお調子者っていうか……」

「それはいいんだけど、あの、えっと、手が」

「手……？　うわあ、ごめん！」

人混みを縫ってぐいぐい進んだところで、晴哉は指摘されてようやく、自分が澪の手を掴んだままなことに気付いた。

慌ててパッと離せば、自分の大胆な行動に一気に羞恥《しゅうち》が巡る。

「本当にごめん！　嫌だったよな⁉」

「別に、嫌ではないけど……びっくりはしたかな」

晴哉は顔が赤いが、澪だって赤い。

甘酸っぱい空気にふたりはしばし向かい合って固まるが、ここは出店が左右に並ぶ往来だ。先に正気に戻った晴哉が「と、とりあえずなにか食べる？」と聞けば、澪もぎこちなく頷いた。

「私、今日のお昼はまだ食べてないんだ。ハルくんは？」

「俺も……昨日はあそこのカレー食べたけど」

「美味しそうだったよね、山口くんのところのカレー。帰りは叔母さんにお土産で買っていこうかな」

話していくうちに気まずさは薄れていく。

晴哉が勇気を出して「その浴衣、澪ちゃんにすごく似合ってるな」と遅れて感想を伝えれば、澪は「嬉しい、ありがとう」ととびっきりの笑顔を見せてくれた。

それから晴哉と澪はしばらく、のんびりしたペースで出店を回った。

先にありったけ好きなものを買い込んで、運よく空いているベンチがあったため、そこに並んで座る。

澪は白い浴衣の裾を揺らしながら、真っ赤なりんご飴を齧《かじ》っている。パリンッと飴が割れる小気味のいい音がして、やがて彼女は改まったふうに口を開いた。

「……あのね、ハルくん。いまなにか悩んでるでしょ？」

「え……」

焼きそばをすすっていた晴哉は、箸の動きをピタリと止めた。

「な、なんでそう思うんだ？」

「なんでって、簡単にわかるよ、ハルくんわかりやすいもん。出店で並んでるときとか、たまに心ここにあらずだったし。そんなのでお仕事中は大丈夫だったの？」

「仕事中は……業務をこなすのに必死で……」

「もう、それじゃあ、悩みがあるのは肯定しているよ」

晴哉はしまったと思った。

澪に心配をかけないため、特にないよと誤魔化すつもりだったのに。

「それで、なにがあったの？　話せることなら、私に話してみてよ」

下から顔を覗き込んでくる澪に、晴哉はドキリとしつつ、観念して『あまやどり茶房』にいきなり行けなくなったことを明かした。思えばこんな話題、いま相談できる相手は澪くらいだ。

澪は「ふむ」と、ピンク色のリップを塗った唇を尖らせる。

「行けなくなる直前に、店主さんの体調が悪そうだったなら、原因はきっとそこにあるだろうね」

「やっぱりそうだよな……」

「店主さんって、あの白髪の美人さんだよね？」

「美人って、アマヤさんは男だけどな」

「そう、その『アマヤ』って名前！」

食べかけのりんご飴でビシッとこちらを差され、晴哉は一瞬怯む。

「な、名前？　アマヤさんの名前がどうかしたのか……？」

「あの祠だよ、祠！　子供の頃、あんころ餅とかお菓子をお供えしてた、山の中にある、あの！」

なぜここで祠？

アマヤの名前と、祠の存在がどう繋がるのか不明で、晴哉は焼きそばのパックを抱え直しながら疑問符を浮かべた。

「私があの茶房にお邪魔したときからね、『アマヤ』って響きに聞き覚えがある気がして。まあ……あのときは、ハルくんとの再会でそれどころじゃなかったんだけど。この前の電話で茶房の話を少ししたとき、それがなんだったのか思い出したの。あの祠にね、祀られている神様の名前だよ、『アマヤ』って」

「神様の……？」

それは晴哉にとって、予想の斜め上からの回答だ。

足が悪くなる前は、祠の手入れやお参りを小まめにしていたかさねでさえ、『神様』としか呼ばなかったため、晴哉はその祠の神様の詳細など知らなかった。当然ながら名前も、いったいどんな神様であるのかも。

「私ね、ハルくんが山の中での待ち合わせに遅れてきたとき、一度だけ祠の扉を開いたことがあるの」

澪はちょっとだけ気まずげな表情で、りんご飴をペロッと舐める。

母親にあれこれと抑制されていた反動もあってか、知的好奇心あふれるお子様だった澪は、祠の中にはなにがあるのかずっと気になっていたらしい。

外れてしまいそうなボロい扉を慎重に開けば、そこにいたのは木像のご神体《しんたい》。

その傍には木板が添えられていて、『あまやさま』と平仮名で彫られていたそうだ。

「特段珍しい名前でもないし、店主さんとはまったくの無関係かもしれないけどさ……あの人型の木像も、どことなく店主さんに似ていた気がするの。あとはほら、祠にもツバメがいたじゃない」

「ツバメ……祠に？」

「覚えてないの？　あの茶房みたいに、祠にも巣があったのに」

「あっ！　ああ、そういえば！」

昔から頭がいい澪は、記憶力も優れているようだ。

晴哉なんて掘り下げられてようやく思い出した。

確かにあの祠の簡素な屋根の下には、ツバメの巣がちょこんと作られていた。晴哉は直接、その巣に住まうツバメを見たことはなかったが、この分だと澪はひとりのときに、ツバメの姿も目撃したことがあるのかもしれない。

そしてツバメといえば……『あまやどり茶房』とも深く関わっている。

「……それに、そうだ。夢の中であの人は、おばあちゃんからいつもお菓子をもらってるとかなんとか言ってたな」

だけど晴哉が知る限り、かさねの手製のお菓子を頻繁にもらっていたのは、自分と澪くらいだ。あとは挙げるとしたら、供えていた神様くらいか。

——自分を助けてくれた、夢の中の人物の正体。

それが『彼』であり、また『彼』が本当は何者なのか。

その答えにどんどん近付いていて、あとは答え合わせをする段階まできていた。

ジワリと、晴哉の頬に汗が伝う。祭りを楽しむ人々の熱気や気温のせいではない、おそらく湧き上がる緊張からだ。

彩り豊かな出店の看板が、いまはやけに遠くの景色に感じた。

「……茶房に行けないなら試しにさ、その祠に行ってみたらどうかな？　なにも関係なかったらなかったで、久しぶりにお参りでもして帰ってくればいいよ。私も早く、えっと、ハルくんには元気になって欲しいし」

簪《かんざし》の飾りの音をシャラリと立てながら、澪がはにかむ。

彼女がいなければ、晴哉は答えに迫ることはできなかっただろう。

「ありがとうな、澪ちゃん」

固い表情筋を総動員し、晴哉も精一杯笑い返せば、澪は「昔にやった『笑顔の練習』の成果が出たね」と褒めてくれた。

「善は急げ……だよな。このあと戻って出店の手伝いが終わったら、その足で祠のあった山に行ってみるよ」

「えっ、ずいぶんと急ぐね。帰りはバスも混むし、夕方から四十パーセントくらいだけど雨の予報も出てたから、日を改めた方がいいと思うよ？　暗いと山の中は危ないし……」

「山の危険は俺が身をもって知ってるけど……雨なら逆にちょうどいいよ」

あの人が現れるとしたら、雨降る空間がもっとも確実だ。

晴哉は「それに」と臆面《おくめん》もなく付け足す。

「俺がいますぐ、アマヤさんに『会いたい』んだ」

それが晴哉の素直な気持ちだった。

会って、話がしたい。いますぐに。

なぜか複雑そうな顔をした澪が、「ちょっと妬《や》けるかも」なんて呟いていたが、あいにくと晴哉にはその複雑さを察する情緒は備わっていなかった。

ただ祠に行けば、アマヤに会える——そんな確信だけが、晴哉の中にはあったのだ。

買い込んだ食べ物を次々と胃に収めてからも、まだ澪と過ごす時間は残っていたので、晴哉たちは少しだけ、金魚掬《すく》いや射的といった縁日らしい出店で遊んだ。

金魚掬いは晴哉の方が上手く、ポイを破らず次々と金魚をゲット。横で見ていた小学生の集団にコツを聞かれたくらいだ。

対して、射的は澪の方が上手く、一等のアルパカのビッグぬいぐるみを見事に撃ち落としていた。こちらはこちらで、澪は出店のおっちゃんに「やるな、嬢ちゃん！」と気に入られていた。

「ねえ、ハルくん。私、ハルくんの獲った金魚が欲しいな」

澪にそんなことをねだられ、晴哉は快く譲ったわけだが、金魚でそんなに？　というほど喜ばれたりもした。

それによって晴哉はほぼ手ぶらになったが、澪は右手に金魚袋、左手にぬいぐるみを抱えた状態になった。歩くときくらいは持とうかと晴哉は進言したのだが、この状態が幸せなのだと断られてしまった。

そこに澪はさらに、山口の出店のカレーをお土産用に買ったので、彼女が帰る頃にはなかなかの大荷物になっていた。

「じゃあね、ハルくん。次に金沢に来たときは、もっとゆっくり遊んでね。お祭りにもまた来たいし、来年こそ百万石行列も一緒に見よう。それと……アマヤさんにちゃんと会えるといいね」

そう言い残して、澪は浴衣の袖を翻して去っていった。

彼女を見送って、晴哉は出店の仕事に戻ったわけだが、待ち受けていたのは山口からの質問攻めだ。

「うちのカレーも買ってくれて、優しそうないい子だよな。美人だし。陽元にあんな可愛い彼女がいたなんて、クラスの連中が知ったら絶対ビビるぜ。抜かりなく浴衣姿は褒めたか？　デートはどうだった？　キスくらいしたか？」

「キッ……！　するわけないだろう！　だから彼女じゃないって！」

そんなからかいは、山口父が「お友達を困らせてはいけません！」と、息子の頭に拳骨《げんこつ》を落とすまで続いた。

そして出店のラストスパートを終えて、晴哉は二日分の給料をもらい、山口親子と別れてバスに乗った。

一本乗り継いで、賑やかな金沢の中心部に背を向ける。

古びた案内板が立つだけのバス停に着くと、そこで降りたのは晴哉だけだった。

「なんか寂しい感じがするな……」

ギリギリ金沢市内ではあるのだが、この辺はポツポツと民家が並ぶだけで、周りに商業施設はあまりない。

祭りのあとだと余計に静けさが寂しかった。

「……あー、予報通り降ってきた」

鈍色《にびいろ》の空から落ちてくる雨粒。

身に受けても問題ないほどの小雨だが、抜かりはない。祭り会場を出てすぐのコンビニで買ったビニール傘を、晴哉はパッと広げた。

雨はアマヤと繋がるための条件だから、降ってくれてありがたいが、これ以上強くならないことを願う。これから向かうのは山だ。

道中で懐かしいかさねの家を通ったものの、平屋の日本家屋は売家になっていて、かさねが亡くなってからそのままのようだった。

「うし」

いよいよ、山の中に踏み込むところで気合いを入れる。

目の前には鬱蒼とした木々。

ザワザワと揺れる雑草。

この山は晴哉にとって思い出も多いが、トラウマが眠っている場所でもある。

「だいぶ暗いな……」

太陽は分厚い雲にすっぽり覆われて、伸びる枝も視界を遮ってくる。ただでさえ時間帯もすでに夕方だ。

本来なら澪の忠告通り、日を改めた方がよかったのだろう。いまからでも引き返すのが賢明なのかもしれない。

だけど晴哉は、雑草を踏み分けてどんどん前へと進んだ。

引き返す選択肢など端《はな》からない。

「子供のときもおばあちゃんの忠告を無視したし……根本的に、俺って無鉄砲なバカのままなんだろうな」

軽く自嘲する。『会いたい相手』に会いに行くのに、危険を顧みず無茶するところは、昔から変わらないらしい。

途中で文明の利器を使えばいいのだと閃《ひらめ》き、スマホのライトをつける。

あとはなんとか祠にたどり着くだけだ。

「といっても……曖昧なんだよなあ……」

祠の場所をまったく覚えていないわけではないが、百パーセント記憶しているとも言えない。これまた澪の方が明確に覚えていそうだ。迷って帰り道までわからなくなれば詰みなので、晴哉はとにかく慎重にいこうと決めた──そのときだ。

「チュイッ！」

「あ……」

葉と葉の隙間を縫うように、どこからか二羽のツバメが飛んできた。低空飛行で、晴哉の頭上をくるくると回っている。

光沢のある藍色の羽は輝かんばかりで、なにやら意思を秘めて飛び交う彼等に、晴哉はすぐさま、いつぞや自分を茶房まで導いてくれたあのツバメたちだとわかった。

いいや、それだけではなく……。

ほぼほぼ無意識に、晴哉の口から双子の名前が滑り落ちていた。

そんなわけがないだろうと、頭の片隅でまだ否定しつつも、だ。

だけど彼等が答えるように、それぞれ「チュイ！」「チュイ、チュイッ！」と鳴いたので、晴哉は「ああ、そうだったのか」とすべて悟ってしまった。

「……お前たちがいるなら、アマヤさんもここにいるよな。案内してくれるか？」

「チュイ！」

こちらはエンだろうか、片割れのツバメが元気よく旋回する。控え目に翼を羽ばたかせるもう一方の片割れにも先導され、晴哉はどんどん足を動かした。

傘を叩く雨音は心なしか先ほどより優しい。

やがて開けた空間に出て、晴哉はついにアマヤと再会できるかと心が逸った。だけど、その空間にアマヤはおらず、代わりに目についたのはこんもり盛った土の塊だった。

「なんだ？　これ……」

双子のツバメがその塊の上をぐるぐる回るので、晴哉はおそるおそる近付いた。

「エンと、ウイ？」

近付いてハッとする。

これはただの土の塊ではない。

土砂崩れ辺りに巻き込まれたのだろう、晴哉の探していた祠が、滅茶苦茶に壊れて土に埋もれていた。ところどころ見覚えのある祠の一部が、残骸となって土から顔を覗かせている。

「祠だ……」

その酷い有り様に、晴哉はしばし呆然とした。

もとより立派とは言い難い代物だったが、こんなことになっていたなんて、少なからず衝撃を受けた。

「知らなかった……いつからこうなんだ？」

無意識に、晴哉の手が祠の一部に触れる。するとブワッと、脳内に映像のようなものが直接流れ込んできた。

これは、祠に保存された記録だろうか？

映像の中には、この壊れた祠の傍で佇む人間の姿のエンとウイ、それからアマヤがいた。

『この祠が壊れた日が近付くと、いつものこととはいえ力が不安定になるね……晴哉くんにも心配をかけてしまった』

映像のアマヤはそう言って苦笑する。これはきっと、ごく最近の記録だ。

『そろそろまた、茶房も開けなくなる……君たちにも人の姿を保たせてあげられないし、私だって実像がいったん消えそうだ』

自分の手に視線を落とすアマヤ。その手は幽霊のように透けていた。

彼は具合が悪いなどという状況を通り越して、存在自体が文字通り儚《はかな》く、希薄になっていた。

双子は左右から、そんなアマヤを引き留めるように縋《すが》りつく。

『毎年こんなんで……いつになったら落ち着くんだよ、あるじ様。俺はあるじ様が消えるとこなんてもう見たくねえよ』

『ごめんね、でも待てばまた回復するから。ひと月ほどはかかるけれど……』

消える、といっても、アマヤの存在が永遠に消えてしまうというわけではないようだ。それでも『いやだ、いやだ』と首を横に振るエンの頭を、アマヤは困った顔で撫でている。

ウイもエンと同じだ、浮かない顔をしている。

『ひと月といっても、そのひと月が大きいのです、あるじ様。梅雨の時期こそ、茶房に人を呼び込めるのに……多くの人の、会いたいという願いを叶えられるはずなのに。その時期に店を開けないから、あるじ様の徳が溜まらなくて、毎年こうなってしまうのではないんですか？　せめて、依《よ》り代《しろ》を祠の傍に戻せたら……』

依り代。

晴哉にはなんのことか一瞬わからなかったが、この祠に関係するものがあるとしたら、澪が話していた木像のご神体だろうとピンときた。

祠が壊れてしまったときに、依り代だけどこか別の場所に埋まったとか……？

『依り代の埋もれている場所くらい、見当はついてるけどな。俺らじゃどうせ触れない……戻せねえよ』

晴哉の推測は正しかったようだ。

だけどなにかしらのわけがあって、アマヤたちではたとえ依り代の木像を見つけても、触れることができないらしく、エンが悔しそうに唇を噛んでいる。

そこでおずおずと『ハルヤさんに頼めないでしょうか……？』と提案したのはウイ

だ。晴哉は不意打ちで自分の名前が出て、ビクッと肩を跳ねさせる。

『依り代と、壊れたとはいえ祠がそろえば、あるじ様の力も安定するはずです！　ハルヤさんならきっと……！』

『ダメだよ、ウイ。晴哉くんを、私たちの事情に巻き込んではいけない』

ウイの案を、アマヤは静かに一蹴する。

『待てば力は安定するんだ。また茶房も開ける。君たちには迷惑をかけるけど、しばし耐えておくれ』

ああ、もう限界だ。

そう呟いた途端、アマヤの手の平だけでなく、全身がみるみるうちに透けていった。

エンとウイが『あるじ様！』とそれぞれ叫んでいる。

そしてあっけなく、まるで最初からいなかったみたいに、アマヤは完全に消えてしまった。取り残されたエンとウイも、やがてポンッと魔法が解けたように、ツバメの姿へと変わる。

彼等が飛び去ってしまえば、祠の成れの果てがそこにあるだけだ。

——ここで、映像は終わった。

「俺が……俺が依り代の木像を見つけて、ちゃんと祠に戻せたら……戻すことさえできたら、アマヤさんは力を保てるのか……？　俺はいますぐ、アマヤさんに会えるのか？」

祠の残骸から手を離して、晴哉はツバメたちに尋ねる。

勢いよく「チュイ！」と鳴いて答えた方はたぶんエンだ。

これはきっと、双子たちの独断に違いない。アマヤは晴哉を巻き込むつもりはないと映像で言っていた。

だけど彼に会うためにわざわざ、晴哉は祭り帰りに雨に打たれながら、こんなトラウマの眠る山の中まで来たのだ。

自分にできることがあるならする。

それだけだった。

「依り代の埋まっている場所はどこだ？　土砂崩れで流されたにしても……そこまで遠くには行ってないよな？　教えてくれ」

「チュイ！」

「チュイ、チュイ！」

ツバメたちは我先にと、翼をバタつかせて晴哉を導こうとする。

決意を込めて晴哉は傘の柄を握り、まずは依り代のある場所へと連れていってもらった。

「ここか……」

幸いにして予想通り、祠とはそれほど離れていない大木の根元に、土が盛り上がっている箇所があった。

この下に、依り代となる木像のご神体が眠っているらしい。

「……やろう」

枝葉が傘の代わりをしてくれているので、ビニール傘は閉じて木の幹に立て掛けておいた。

それからしゃがんで両手を土に突っ込む。あいにくシャベルやスコップといった便利な道具などは、晴哉は持ち合わせてはいない。せめて軍手が欲しいところだが、素手で掘るしか手段がないのだ。

「つめてっ」

湿っぽい土はひんやりと冷たい。長期戦になれば指先が少しずつかじかんでしまいそうだ。

あまり深くまで、木像が埋もれていないことを祈るばかりだった。

「くそ……なかなか出てこないな」

「チュイ……」

「ああ、ウイだよな。大丈夫だよ、ありがとう」

どのくらい掘り進めただろう。

いったん手を止めて休憩すれば、ツバメの片割れが肩に留まって、晴哉を労《いたわ》るようにスリスリと頬摺《ほおず》りをしてくれた。もう一方の片割れも頭上で応援するように、バサバサと羽音を鳴らしている。

だがいくら犬のように必死に土を掘っていっても、いっこうに木像らしきものは出てこない。

晴哉の危惧した通り、指先は痺れて感覚を失いつつある。爪の中には小石が詰まっていた。腕も重くて、明日の筋肉痛は免れないだろう。

もう……断念してもいいのではないか。

映像でアマヤが話していた通り、しばし待てば会えるなら、ここまで自分がする必要もないのではないか。

そんな弱気な想いが胸に巣食うが、歯をぐっと食いしばってどうにか持ち直す。

「やるって決めたんだから、俺がやらなきゃ」

ここまでくればあとは意地だ。

めげずに晴哉は土掘りを再開した。

耳につくのは雨音とツバメの羽音だけ。そして間もなく、ようやく指先にカツンッと、土以外の硬い感触が当たった。

「これだ……！」

木像の足の部分が見える。焦りながらも冷静に、そこを両手で掴んでよいしょと引き抜いた。案外、ここまでくればスルリと抜けてくれる。

縦幅は約二十センチ。

一見すれば女神にも思える、着物を着た、髪の長い人型の木像。

それはなるほど、澪が言うように、どことなくアマヤの出で立《いた》ちと似ている気がした。

「チューイ！」

「チューイ！　チューイ！」

「ああ、やったな！　あとはこれを祠に持っていくだけだ！」

ツバメたちがあからさまに狂喜乱舞して鳴くので、晴哉も木像を掲げて口の端を微かに上げる。

だが達成感に浸るにはまだ早かった。

祠のところまで、これを運ばねば。

「うっ、うう……足腰が痛いな」

ずっと同じ体勢で土を掘っていたため、いざ立ち上がろうとしたら、よろけて無様に尻餅をついてしまった。

つい一時間ほど前は華やかな祭りの最中にいたのに、いまは打って変わって暗い山の中で土まみれだ。手は痛いし、少し寒い。

だけどアマヤのために、なにかできるなら。

整理整頓以外でもこれが恩返しになるのなら、晴哉は土まみれだろうと悪い気分ではなかった。

今度こそしっかり立ち上がって、木像を持って祠の場所へと戻る。面倒になったので、もう傘はささずに大木の元に置いてきた。これだけ服も土で汚れてしまえば、多少濡れたところで変わらない気がしたのだ。

「それでこれは、どう置けばいいんだ……？」

雨を身に受けながら、祠の残骸が埋まる土塊の前で、晴哉はしばし悩む。

依り代を祠に戻す、といっても、その祠は原形を留めていない有様だ。本来なら、祠の扉の中に仕舞うのだろうが……。

「と、とりあえず、置くだけで大丈夫か？」

「チュイッ！」

晴哉の問いかけにツバメたちが声をそろえて答えてくれたので、晴哉はおそるおそる、木像を土塊の上に置いた。

途端――パアッと、視界を塗りつぶすような白い光が弾ける。

「うわっ！」

晴哉は反射的に目を瞑った。

束の間、視界がシャットダウンされる。

唐突にもたらされた暗闇は、ほんの数秒のはずなのに、ずいぶんと長いこと続いた気がした。心地よく鼓膜を震わせる、「晴哉くん」と自分を呼ぶ声に、晴哉はゆっくりと瞼を持ち上げる。

「――アマヤさん」

長い白髪に、雨粒をまるで光の粒子のように纏わせて佇む、人並外れた美貌を湛える人。いや、おそらくその正体は人ではない。

だけど晴哉にとってはなんだっていい。

アマヤがアマヤであるならば。

「久しぶりだね」

どこまでも澄み渡った空色の瞳が、晴哉を映して和らいだ。

幼い晴哉がこの山で助けられたとき、雨天のはずなのに目に強く焼き付いた青い空――それは彼の瞳だったのだと、いまこの瞬間に晴哉は理解した。

「まったく、晴哉くんは。こんなところまで来てしまうなんて、君は存外行動力のある子だよね。驚いたよ」

「急に茶房に行けなくなったから、俺も焦ったんですよ……すごく心配、しました。なにがあったんだろうって」

「……ごめんね。こんなに全身濡れてしまって、手もボロボロにして、私のためにがんばってくれて」

音もなく近付いて、アマヤは晴哉の腕を取った。

白魚《しらうお》のような手が晴哉の土で汚れた手を包む。

痛ましげに謝られたが、これは晴哉が勝手に意地を通した結果だ。多少ボロボロになったくらい、なんてことはない。

「アマヤさんが謝る必要はないですよ。それよりもう、体調は大丈夫なんですか？力の安定がどうのって……」

「ああ、おかげ様でね」

アマヤがスルリと晴哉から手を離し、ゆったりと微笑んでみせる。確かに、顔色もよくなって、なによりも映像で見た消えかけの存在感が、いまは確かなものとして戻ってきている。

晴哉は「ほう」と安堵の息を吐いた。ツバメたちも晴哉とアマヤの間を行ったり来たり飛んでいて、喜びを表しているようだ。

アマヤは改まって、晴哉と向かい合う。

「さて……晴哉くんにはもう、私が『なに』であるのか、正体がバレてしまっているようだね」

「はい……俺というより、澪ちゃんがほとんど答えをくれました」

だけどできるなら、晴哉はちゃんとアマヤの口から聞きたかった。ここまで来たのは、彼から真実を聞き出すためでもある。

アマヤも晴哉の想いを汲《く》んで、「それならもう、隠さず話すよ」と口をゆっくりと動かす。

「私はね、君が考えている通り、人ではなく神と呼ばれる類の存在だ――それも、『土地神』と称されるね」

――土地神。

晴哉はその単語を、口の中で繰り返す。

「この祠はね、土地神である私を祀るためのものだった。壊れたのは……いつかの今日。あの大雨の日だよ。あの日、晴哉くんを助けたのが私だということも、君はもうわかっているんだよね？」

「それも、さっき確信が持てました」

「そう。じゃあここからは、少し昔話だ」

ポタリと、白い髪から雫を滴らしながら、アマヤは淡々と語る。

アマヤはかつて、この地を守ってきた土地神の一柱で、『雨』を司《つかさど》る水神の眷属《けんぞく》でもあった。祠が作られた百年ほど前は、『あまやさま』と呼ばれて親しまれ、近隣の者が誰かしら毎日のようにお参りをしていたとか。

人の世に生きる神は、人に感謝され、人に愛され、人に想いを向けられなくてはその存在を維持できない。

人の想いが『徳』となり、神の力となるのだ。

だが時代の移り変わりと共に、アマヤの存在は人々の中から忘れられていった。向けられる人の想いが消えれば、アマヤもまた消えるだけだ。

アマヤはもはや、消失を待つだけの神様だった。

ただそれでも、朽《く》ちかけてみすぼらしくなってしまった祠にも手を合わせ、大切にしてくれる人間たちがこの現代まで居続けたため、なんとか力を保てていた。

そのうちのひとりがかさねだった、と。

「おばあちゃんが祠の面倒を見ていたおかげで、アマヤさんが……？」

「かさねさんにはずいぶんと世話になったよ。彼女が来られなくなってからも、君を通して美味しいお供え物のお菓子を頂いていたしね。私はね、彼女の作るあんころ餅が一等好きだった」

アマヤはふふっと軽やかに笑う。

しかし、そんなふうに辛うじて繋いでいたアマヤの命は、大雨で起こった土砂崩れによって祠が壊れたことで、また一気に風前の灯火《ともしび》になってしまった。

人的な被害が及ばなかったことは幸いだったが、アマヤにとっては大きすぎる痛手だ。

「祠と依り代。このふたつがそろって初めて、人間で言うところの肉体的な役割を果たすんだ。肉体がなければ、魂はこの世に留まれない。また祠は私の住処《すみか》であり、確かに人々から私への信仰があったという証でもあるからね」

「やっぱりそれだけ、この祠は重要だったんですね……」

晴哉はそっと、アマヤの後ろに位置する祠の残骸を見遣る。添えられただけの依り代の木像と、ふと目が合った。

雨に晒されるその目は、なんだか少し寂しげに見える。

「祠と依り代が、土砂に流されてバラバラになってしまったこともよくなかったね。これは私には触れないし」

「あの、どうして触れないんですか……？　アマヤさんの依り代なのに」

「私の依り代だからこそだよ。自分の心臓は、自分では触れないでしょう？」

アマヤの白い手が、その左胸に当てられる。どうも彼の心臓はその胸にはないらしい。

なお、エンとウイが触れない理由も、彼等がアマヤの力で人化しているからとのことだった。

やはり誰か……『人間』がなんとかするしかなかったのだ。

晴哉が、なんとかするしか。

「少し話が逸れたね……祠も壊れ、依り代もバラバラになって、私もいよいよ終わりかと覚悟したよ。消えることも甘んじて受け入れるつもりだった。でもどこからか、助けを呼ぶ子供の声が聞こえてね」

子供。それはもしかしなくとも。

「……俺、ですか？」

「うん」

アマヤが残りわずかな力で救った子供は、なにを隠そう晴哉だった。

それはアマヤにとっては、人の世で最後に神として行う、最期の人助け。そのはずだったのだが……。

「最後の最期、だと思っていたんだけどね」

当時を思い起こしているのか、アマヤは苦笑する。

アマヤの覚悟とは裏腹に、晴哉を助けたことにより、アマヤの『徳』は回復してしまった。

そしてそれが、彼をまだ人の世に繋ぎ止めたのだという。

「それって、あの、おかしな話なんですが、俺がアマヤさんに助けられたと同時に、俺がアマヤさんを助けたみたいな……」

「まさしくその通りだよ。そして今回また、私は君に助けられた。人の世は巡るね、神も例外ではなかったようだ。私が生き永らえたからこそ、この子たちを生かすこともできたしね」

神様らしい台詞を吐くアマヤの右肩と、虚空に伸ばした左手に、それぞれツバメが留まる。

どちらがどちらなのかは、晴哉にもすっかり見分けがついていた。たぶん、翼を豪快にバサつかせながら肩に乗ったのがエンで、左手にしずしずと乗ったのがウイだ。ツバメの姿になっても、双子の性格はわかりやすい。そのことが晴哉には少し面白かった。

「祠が潰れた際に、この子たちの巣も巻き添えになってね。晴哉くんを助けて戻ってきてみたら、可愛らしいツバメの雛《ひな》が二羽、弱り切った様子で鳴いていたんだ。だからすぐさま、回復した私の力を分け与えた……実は、茶房を始めてはどうかと最初に提案したのは、この子たちなんだよ」

「エンとウイが？」

「私の祠の代わりになる殿舎《でんしゃ》を自分たちで作り、そこで人の願いを叶えて力を取り戻してはどうかってね」

そうして生まれたのが――『あまやどり茶房』だ。

雨の日にしか行けない、会いたい人に会える金沢の不思議な茶房。

「人の世に未練はないはずだったんだけど、私にもまだもう少しここにいて、『会いたい人間』ができたから……それならこの子たちの案を呑んで、私と似た願いを持つ誰かのために、茶房を開くのも一興かなと」

「……アマヤさんの『会いたい人』って、どんな相手なんですか？」

いろいろと茶房やアマヤの真相が判明しても、それだけはいまだわからない。もしかしたら、晴哉が一番聞きたかった質問はこれかもしれなかった。

アマヤの返答をドキドキしながら待つ。

緊張で強張る体に、濡れて張り付く服の感触は煩《わずら》わしく、帰ったら真っ先に風呂に入らなければなんて、場違いなことも頭の隅で考えた。

「あれ？　言っていなかったかな」

アマヤは瞳をパチパチと瞬かせる。緊張状態の晴哉に対し、ずいぶんとあっけらかんとした態度だった。

しかも次いで、軽く爆弾を投下する。

「私の会いたい相手は晴哉くんだけど」

「は……俺？」

ポカンと、晴哉は口を開く。

それなりに真面目な質問をしていたと思うのだが、身から出たのはなんとも間抜けな反応だった。

「え、ええっと、それはなんで……からかっていますか？」

「からかってないよ、私の『会いたい相手』は初めから晴哉くんだ」

言い切られてしまえば、晴哉もこれ以上は疑えない。

しかし、誰が想像するだろう。あのアマヤの、仮にも神様の会いたい人が自分だったなんて、そんなこと。

少なくとも晴哉本人は想像すらしていなかった。

「かさねさんから繋がる、君との縁ゆえかな。成長した晴哉くんに、人の世で会ってみたいと願うようになってね」

「成長した、俺と……」

「でも自分の願いに力を使うのは、落ちぶれても神として気が引けるだろう？　だからいつか、どこかで晴哉くんがうちの茶房を見つけて、君から訪れてくれたらいいのに、なんて思っていたんだよ」

――そうしたら、君が本当に来てくれた。

そう言って微笑むアマヤの表情は、どこまでも綺麗で優しく、慈しみのこもったものだった。

その笑みに、晴哉は馬鹿みたいに惚けてしまう。

「さて、もう話は終わりかな」

バサリと、アマヤが雨水を含んだ藍色の羽織を翻す。水滴が散って、ツバメたちが小さく翼を羽ばたかせた。

そこで晴哉はようやく気付く。

いつのまにか、雨は止んでいた。

「こんなところで長居させてしまったね。晴哉くんは気を付けてお帰り。いい加減、風邪をひいてしまうよ」

「か、帰りますけど、アマヤさんは……」

晴哉に黙って、いきなり消えた前科のあるアマヤだ。ここで別れたらまた会えないのではないかと、晴哉は無意識に思ってしまった。

だけどアマヤは、そんな晴哉の不安を見透かしたように、「大丈夫だよ」と口角を緩める。

「君のおかげで、私はもう大丈夫……だから今度はまた、ちゃんと『あまやどり茶房』で会おうね」

そう言い残して、アマヤとツバメの姿は潮が引いていくように、静かに景色の中に揺らいで溶けた。

しん、と静まり返る山の中。

もう雨音さえ聞こえない。

ひとりになった晴哉は、遅れて小さく「ははっ」と笑う。力なくその場にしゃがみ込んで、頭上に広がる空を見上げた。

「なんだか長い一日だったなあ」

今日わかった真実はたくさんある。

もちろん、ナンバーワンに驚いたのは、あのアマヤの『会いたい人』が自分だったという話だが、どれも現実味がなくて困ってしまう。不思議な茶房に通っている時点でいまさらなのだが。

「俺はまた、茶房に通えるんだな……」

声に出して確認して、晴哉はその事実を噛み締めた。

また次の雨の日には、茶房へ美味しいお茶とお菓子を頂きに行こう。

アマヤと双子のツバメたちが待つ、あの『あまやどり茶房』へ。


「……帰ろうかな」

晴哉はようやく立ち上がって、服と手の土をはらう。家に帰ったとき、母に対してこの小汚い格好の言い訳はどうするか。

お祭りで友達の出店を手伝い、幼馴染みの女の子と会ってきただけだというのにこの惨状では、祭りで不良に絡まれて喧嘩でもしたのかと、あらぬ嫌疑《けんぎ》をかけられそうだ。

「まあ、どうにかなるか……あ」

とりあえず無難な言い訳を考えながら、のろのろ山道を引き返そうとしたが、ふと思い付いて足を止める。

「せめてこれだけ……」

帰路とは逆方向に爪先を向けて、急いで大木に立て掛けたままの傘を回収した。

そしてそれを開いた状態にして、祠と依り代の木像を守るように固定する。

心許《こころもと》ない屋根代わりだが、ないよりはマシだろう。

そして目を瞑って手を合わせ、不器用な笑みを形作ると、今度こそ晴哉は山道を下っていったのだった。

## エピローグ

六月も半ばになり、本格的な梅雨が来た。

もとより雨の多い金沢の街では、毎日のように雨天が続いている。

そんな中、お祭りの日のあとの晴哉の日常は、これといった事件もなくおおむね平穏に過ぎていた。


学校では山口が相変わらず積極的に話しかけてくれて、晴哉からも声をかけることが増えた。念願の友達のいるスクールライフは順調と言える。

ただひとつ、困っていることがあるとすれば……。

「なあなあ、陽元ー！　親父がさ、お前がいいってうるさいんだよ！　週一とかでもいいから頼む！」

「う、ううん……もう少し考えさせてくれ」

「まかないもつくぞ！」

「う、ううん」

山口父が晴哉をいたく気に入り、正式にカレー店でバイトをやらないかとオファーを寄越《よこ》してきているのだ。

さすがに臨時ではなくちゃんとしたバイトを始めるとなると、晴哉も悩むところである。その件はまだまだ保留中だ。

いずれ、山口の……友達からの押しに負けそうではあるが。


日に日に教師生活の終わりが近付く雪代は、晴哉と古い過去作品の話をした影響か、いまは久方ぶりに人間がモデルの絵を描いているとか。

実は若い頃のかさねを描いて以降、彼は自然や動物を題材にするばかりで、人物画を一切描いていなかったそうだ。

「技術的にはまだ拙い、学生の頃の絵だっていうのに……あの絵を超えられる人物画を、僕は描ける自信がなかったからなあ」

「……雪代先生は、本当におばあちゃんが好きだったんですね」

「おばあちゃん？」

「あっ、ああ、いえ！」

つい口を滑らせかけたが、晴哉はどうにか誤魔化した。

その初恋の思い出は雪代だけのもので、下手に明かさない方がいい真実もきっとある。

また澪とは、変わらず夜の電話報告会で交流している。

山の中でアマヤと会えたことを話すと、彼女は我がことのように喜んでくれた。会えたのはほぼ澪のおかげなので、ありがとうと礼を述べれば『こっちこそ金魚のお礼だよ』と返された。

『あの三匹いた金魚たちね、二匹はおばさんが育てたいっていうから預けたの。一匹だけは東京まで連れてきたんだけど元気だよ』

「そうなんだ。名前とかつけたのか？」

『う、うん……えっとね、「ハル」って』

「ハル……」

やたら上擦った声で、澪はそう答えた。

金魚を同じあだ名にされた晴哉は、照れ臭いような微妙なような複雑な気分であった。


そして今日も今日とて、晴哉は『あまやどり茶房』を訪れていた。

「……お邪魔します」

「おや、晴哉くん。いらっしゃい」

ガラッと戸を開けて入ってきた晴哉に、アマヤは端整な顔を綻ばせる。体調もすっかり戻ったようで、彼は席に腰掛けて優雅に湯呑みを傾けていた。

祭りの翌日に雨が降って、おそるおそる茶房を探しにいけば、なんともあっさりたどり着いたから拍子抜けである。

「こんにちは。休憩中ですか？」

「うん。最近はお客が引っ切りなしだったからね。束の間の休息といったところかな……晴哉くんのがんばりがあって、こうやって梅雨の季節にも店を開けられるおかげだよ」

ちゃんと店を営業さえできたら、やはり『あまやどり茶房』は名の通り、梅雨が繁忙期みたいだった。

いまさらだが、これまでその繁忙期に一度も店が開いていなかった事実が、晴哉には小さな驚きだ。

茶房の噂のひとつに『ただし、梅雨には行けない』なんて加わっていてもおかしくなさそうだが、そもそも『雨の日にしか行けない』という条件と齟齬《そご》が生じるので、あまり広まらなかったのかもしれない。梅雨以外でも、金沢は年がら年中雨が降るので、それも広まらなかった原因のひとつだろう。

ただ、雨がたくさん降る中、お客さんを存分にもてなせて、アマヤは心なしか楽しそうだ。

がんばって依り代を祠に戻せてよかったと、晴哉はしみじみ思う。

「晴哉くんも食べるかい?」

「はい、頂きます」

テーブルにはお皿に載ったあんころ餅があった。

アマヤが勧めてくれるまま、晴哉はありがたく同じ席につく。こうして茶房でお菓子を振る舞ってもらうのが、晴哉にとっては日常の一部と化してしまった。

「ああ、旨い。やっぱりこのあんころ餅が一番ですね」

以前にもこの茶房で澪と食べたとき、かさねが作るものと味わいが似ていると思ったが、いまならわかる。これはかさねのあんころ餅そのものだ。

晴哉は口いっぱいに頬張って、その懐かしい甘さを堪能する。

「でも惜しかったね。もう少し早く来ていれば、瑠璃子さんが茶房にいたのに。君とは入れ違いになったようだ」

「瑠璃子さんが、ですか。じゃあ、あの花はついさっき……」

「うん、持ってきてくれたところさ。綺麗だよね」

レジ台に置かれた花瓶の花は、白いシャクヤク。

美しい女性を例えた『立てば芍薬《しゃくやく》、座れば牡丹《ぼたん》、歩く姿は百合の花』ということわざにもあるように、シャクヤクは美の象徴的な花だ。大輪の花弁は豪奢《ごうしゃ》ながらも気品があった。

晴哉はまたしても、この花を飾ってくれた瑠璃子に会えなかった。常々会ってみたいとは思っているのだけれど。

「俺は瑠璃子さんには、一生遭遇できない気がします」

「ふふっ。それもまた巡り合わせさ。直接会わなくても、巡り巡って『縁』が繋がることもある。私とかさねさん、それに君との『縁』だって、巡った末に繋がったようなものでしょう？」

アマヤの言葉に不思議な説得力があるのは、彼の正体が神様だからか、ただアマヤがアマヤであるからか。

晴哉は素直に「そうですね」と同意して、甘くなった口内を用意された加賀棒茶でリセットした。

ふとそこで、賑やかな声が足りないことに気付く。

「エンとウイは外に出ているんですか？」

「ああ、あの子たちなら……」

噂をすればドタバタと階段を下りてくる音がした。お客のリサーチにでも出向いているのかと思いきや、単に二階の部屋にいたようだ。

「おっ、ハルヤじゃん、ちわっす！」

「お邪魔してるぞ、エン」

「……って、あるじ様とハルヤってばズリー！　俺ら抜きでお茶してる！」

現れたエンは開口一番、ぎゃあぎゃあと騒ぎ立てる。

「俺も！　俺も甘いもので休憩したい！」

「エンもいるかい？　棒茶とあんころ餅のセット」

アマヤがあんころ餅の皿を持ち上げてにこやかに応じるが、エンは「えー」と不満そうだ。

「俺は別のお菓子と飲み物がいいな。それさ、あるじ様の好物だろ。和菓子じゃなくて、ケーキとかクッキーが食べたい」

「もう、あるじ様にワガママ言っちゃダメだよ！」

遅れて階段を下りてきたウイが、いつもの流れでエンを叱るが、もちろんエンはどこ吹く風だ。

双子はアマヤの席の周りをちょろちょろしながら、もはや茶房の名物でもある言い合いを始める。

「だいたいウイだって、そっちの方が好きだろ」

「私は和菓子が好きだもん。棒茶も好き！」

「嘘つけ。飲み物も日本茶よりミルクティー派のくせに。人間になったときの、ちんちくりんな着物姿にイメージを合わせているだけだもんな。あるじ様をガッカリさせないために」

正体がツバメであることが晴哉にバレているからか、「人間になったとき」なんて明け透けな発言もお構いなしだ。

そしてまさかウイが己と店のイメージを大事にしているとは、晴哉もびっくりである。

ウイは「な、なんでそれをここでバラすの⁉」と過剰に反応していて、もう自ら暴露しているようなものだ。それでもがんばって、アマヤの着物の裾を掴んで必死に弁解する。

「ち、違うんです、あるじ様！　私は日本茶派です！　お菓子も洋菓子より和菓子派なんです！　あとイメージなんて気にしていません！」

「ふむ……イメージ戦略なんて考えたこともなかったな。いっそ逆に、店の雰囲気の方をたまには変えてみるかい？　私が執事の服を着て、ウイがメイド服を着てみるとか」

「あるじ様⁉」

アマヤが言うといまひとつ、本気なのか冗談なのかわからない。晴哉は冗談だと思うことにしておいた。

ウイはウイで「あるじ様の執事姿は正直見たいです……見たいですけれど、それを受け入れてもいいのでしょうか……！」とひとりでなにやら葛藤している。一番俗世《ぞくせ》に染まっているのはウイかもしれなかった。

「俺は店の雰囲気とかイメージとかどうだっていいよ。ケーキさえ食えれば！　だいたい、お客には普通にパウンドケーキとかチョコレートとか出しているのに、ウイのこだわりがわかんねえ。ハルヤだって、今日はケーキの気分だよな？」

「俺か？　俺はあんころ餅でいいけど」

「だら！　そこは話を合わせろよ！」

「ええ……」

急にエンから話を振られたかと思いきや、方言で罵《ののし》られた晴哉は困惑する。

『だら』は地元流の『アホ』という意味の悪口だ。理不尽である。

「なあ、あるじ様！　ケーキ、ケーキ、ケーキ！」

エンによるしつこいケーキコール。

基本的に双子を甘やかしているアマヤは、「そこまでエンが食べたいなら、いいよ。今日はケーキも用意しようか」と了承した。

「そうだな、チョコレートケーキなんてどうだろう。飲み物も、エンはストレートのアッサムの紅茶、ウイはミルクを加えてミルクティーでいいかい？　店のイメージには合わないかもしれないけど……」

「あ、あうう……それは忘れてください、あるじ様……」

ウイは真っ赤な顔をして唸りながらも、小さく「ミルクティーでお願いします」と答えた。

アマヤが長い指をパチンッと鳴らせば、テーブルの上には新たにふたり分のお茶セットが現れる。これも金沢産だろう金箔を載せてあるチョコレートケーキは、見た目からしっとり濃厚で美味しそうだ。

「やった、さすがあるじ様だぜ！」

「嬉しいけど、エンは絶対に許さないんだからね……」

それからしばらくは、四人で仲良くティータイムを送った。

晴哉は話題提供として、先日なんとなく兼六園にまた足を運んだ際、田畑のところのお手伝いさんである鈴木と、バッタリ遭遇した話をした。ほんの他愛のない挨拶を交わしただけだが、田畑の存在をいまだ感じられることが、ほんのり嬉しかった……と。

他にも、明智らしき人を街中で見かけた話もしてみた。本当に明智だったかは、一瞬見かけただけなので微妙なところだが、茶房に来店したときよりパリッとしたスーツを着て、いい顔で歩いていたように思う。

「あのじいちゃんは、ハルヤが初めて連れてきたお客だったもんな。よかったじゃねえか」

「明智さんらしき人も、きっと明智さんだと思いましょう。転職が成功したならいいですよね」

話し慣れていない晴哉のトークを、双子は楽しそうに最後まで聞いて、それぞれそう言ってくれた。アマヤもそんな三人を穏やかに見守っている。

茶房に流れる空気は酷く長閑《のどか》だった。

しかしふと、ミルクティーをちまちまと飲んでいたウイが、ピクリと肩を跳ねさせた。

「ん！」

顔つきが仕事モードに切り替わる。

「……あるじ様。次のお客様が来られるみたいです」

エンもウイに次いで、フォークを口にくわえながら「おっ、ほんほうひゃん」なんてもごもご喋っている。「本当じゃん」と言いたかったらしい。

「おやおや、千客万来《せんきゃくばんらい》だね」

アマヤはトンッと、飲み干した湯呑みをテーブルに戻した。肩からズレた羽織をたおやかな所作で直す。

「梅雨の時期がこんなに忙しいなんて、ありがたい誤算だ。エン、ウイ、食べている途中で悪いけど、お迎えに行ってくれるかい？」

「待ってくれ、あるじ様。あとケーキを一口齧ってから……」

「はい！　すぐに行って参ります！」

抵抗するエンの腕をウイが強引に取って、ふたりは入口の戸から出ていく。チュイッ！　と高い鳴き声と、翼が羽ばたく音が微かにする。

アマヤと残された空間で、晴哉はいまがチャンスかもと、ずっとここ最近考えていたことを打ち明けてみる。

「……あの、アマヤさん。壊れたままの祠って、いまは山の中で放置されているじゃないですか」

「うん？」

晴哉の突然の質問に、アマヤは目をパチクリさせる。

彼の空色の瞳は今日も鮮やかだ。

壊れた祠は依り代の木像と共に、晴哉が傘を傾けた状態で、いまもおそらく山にある。だが晴哉としては、もっとなんとかしたいと考えていた。

「ええっと、ちょっと思ったんですけど、俺があの祠を直すのはどうかなって。直すっていうか、もう一から作り直すというか……」

「はい……俺がその、に、日曜大工で」

「晴哉くんが？」

いや、今時はＤＩＹか。

晴哉はどちらにせよ未経験であったが、自分の小器用さにはそれなりに自信がある
し、為せば成るだ、何事も。

晴哉の提案を聞いて、アマヤはくすぐったそうに白髪を揺らす。

「晴哉くんの気持ちはとっても嬉しいけど……その厚意だけ受け取っておくよ。作る
のはけっこう大変だと思うよ？」

「う……そ、そうですよね」

「それにね、祠はかつての私の住処だったけど、いまの私の住処はこの茶房だから。

雨のときにしか人の世と繋げない、仮想の空間にある不便な店だけどね。ここにエン
とウイがいて、晴哉くんもいてくれたら、もう私は満足なんだ」

そんなことを面と向かって言われて、照れない方が難しい。

アマヤさんって人たらしな神様だよな……としみじみ想いながら、晴哉は照れを誤
魔化すように、黙々とラストひとつのあんころ餅を咀嚼した。

頭上ではランプシェードの光がゆらゆらと揺れている。

店内に満ちるのは外の雨音だけだ。

「ただいまー、お客様をきちんと案内したぜ、あるじ様！」

「お連れしました……どうぞ」

その静寂を切り裂くように、双子が仕事をまっとうして戻ってきた。おずおずと、『お客様』が双子の後ろから顔を出す。

「あ、あの、ここって、例の茶房で合っていますか……？　『会いたい人』に必ず会わせてもらえるっていう」

あっ、と晴哉は声なくびっくりする。

やってきたのは覚えのある、中学校のセーラー服を着た、三つ編みの女の子だった。

『あまやどり茶房』を諦めずに探し続けていた、あの子。

「よかった……」

ついに来られたのだと、晴哉は密かに胸を撫で下ろす。

ここにさえ来られたなら、あとはアマヤがなんとかしてくれる。

「いらっしゃいませ、ようこそ『あまやどり茶房』へ。よく来たね。雨宿りも兼ねてゆっくりしていけばいいよ」

立ち上がったアマヤは、店主の顔でお客を迎える。

空色の瞳が細まり、唇がゆるりと弧を描いた。

「君の――会いたい人と一緒にね」

金沢の茶屋街に現れるという噂の、『あまやどり茶房』。

雨の日にだけ行けるその茶房では、きっとあなたの『会いたい人』と、美味しいお茶とお菓子で一服できる。

雨が降ればまた、お待ちしております。

よくお聞き――。
おまえさんにはあたしと同じ
魔女の血が流れてる。
それを忘れちゃいけないよ。

八月一日《ほずみ》結《ゆい》、十七歳。祖母から孫に引き継がれるという魔女の血を引く彼女は、高校卒業後の進路に悩んでいた。十八歳までに、祖母の跡を継ぎ魔女になるかどうかを決めなければならない。けれど、町から遠く離れた山間の村で、祖母のように暮らしていく覚悟ができないでいる。そうして答えの出ないまま、今年も、祖母の元で魔女修業をする季節がやってきた。ただ、訪れた祖母の家には、初めて見る居候の青年がいて――?

◉定価：本体640円＋税　◉ISBN:978-4-434-27626-2

◉Illustration：ふろく

今日から、
I will start the contract family from today
契約家族
はじめます
Yuna Asana
浅名ゆうな
あの、
連れ子4人って
聞いてませんでしたけど…!?
最愛の母を亡くし、天涯孤独の身となった高校生のひなこ。悲しみに暮れる中、出会ったのは、端整な顔立ちをした男性。生前、母は彼の家で通いのハウスキーパーをしていたというのだが、なんと彼は、ひなこに契約結婚を持ちかけてきて――
訳アリ夫＋連れ子四人と一緒に、今日から、契約家族はじめます！　ひとつ屋根の下で綴られる、ハートフル・ストーリー！
◎定価：本体640円＋税　◎ISBN978-4-434-27423-7
浅名ゆうな
今日から、
契約家族
はじめます
あの、
連れ子4人って
聞いてませんでしたけど…!?
●illustration:加々見絵里

突然両親が海外に旅立ち、一人日本に残った高校生の小日向蒼真は、結月清人という作家のもとで居候をすることになった。結月の住む古びた屋敷に引越したその日の晩、蒼真はいきなり愛らしい小鬼と出会う。実は、結月邸の庭にはあやかしの世界に繋がる蔵があり、結月はそこの管理人だったのだ。その日を境に、蒼真の周りに集まりだした人懐こい妖怪達。だが不思議なことに、妖怪達は幼いころの蒼真のことをよく知っているようだった——

全3巻好評発売中!

◎各定価：本体640円＋税　◎Illustration：neyagi

この作品に対する皆様のご意見・ご感想をお待ちしております。

おハガキ・お手紙は以下の宛先にお送りください。

【宛先】

〒150-6008 東京都渋谷区恵比寿 4-20-3 恵比寿ｶﾞｰﾃﾞﾝﾌﾟﾚｲｽﾀﾜｰ 8F
（株）アルファポリス　書籍感想係

メールフォームでのご意見・ご感想は右のＱＲコードから、
あるいは以下のワードで検索をかけてください。

アルファポリス　書籍の感想　検索

ご感想はこちらから

アルファポリス文庫

---

# 金沢《かなざわ》あまやどり茶房《さぼう》
## ～雨《あめ》降《ふ》る街《まち》で、会《あ》いたい人《ひと》と不思議《ふしぎ》なひと時《とき》～

---

編乃肌（あみのはだ）

2020年 7月31日初版発行

編集－矢澤達也・宮坂剛
編集長－太田鉄平
発行者－梶本雄介
発行所－株式会社アルファポリス
〒150-6008東京都渋谷区恵比寿4-20-3恵比寿ｶﾞｰﾃﾞﾝﾌﾟﾚｲｽﾀﾜｰ8F
TEL 03-6277-1601（営業） 03-6277-1602（編集）
URL https://www.alphapolis.co.jp/
発売元－株式会社星雲社（共同出版社・流通責任出版社）
〒112-0005東京都文京区水道1-3-30
TEL 03-3868-3275
装丁イラスト－くにみつ
装丁デザイン－AFTERGLOW
印刷－中央精版印刷株式会社

価格はカバーに表示されてあります。

落丁乱丁の場合はアルファポリスまでご連絡ください。

送料は小社負担でお取り替えします。


ISBN978-4-434-27532-6 C0193